당신의 시체가 보고 싶은 날에는

TIME OF DEATH, DATE OF BIRTH
by Misumi Kubo
Copyright © Misumi Kubo, 2022
All rights reserved.

Original Japanese edition published by Chikumashobo Ltd.
Korean translation copyright © 2025 by SIGONGSA Co., Ltd.
This Korean edition published by arrangement with Chikumashobo Ltd., Tokyo,
through Danny Hong Agency and The English Agency (Japan) Ltd.

이 책의 한국어판 저작권은 대니홍 에이전시와
The English Agency (Japan) Ltd.를 통해
Chikumashobo Ltd.와 독점 계약한 ㈜SIGONGSA에 있습니다.
저작권법에 의해 한국 내에서 보호를 받는 저작물이므로
무단 전재와 무단 복제를 금합니다.

TIME OF DEATH,
DATE OF BIRTH

당신의 시체가 보고 싶은 날에는

구보 미스미

이소담 옮김

SIGONGSA

일러두기

하나, 모든 표기는 출판사 편집 매뉴얼의 교정 규칙에 따르되, 작가 혹은 역자의 의도에 따라 필요하다고 판단되면 절충하여 표기하였습니다.
둘, 단행본 형태의 책 제목은 《》로, 그 외 저작물과 영화, 그림 등은 〈〉로 표기하였습니다.
셋, 본문의 주석은 모두 옮긴이 주입니다.

네가 좋아하는 공부를 하게 해주고,
좋아하는 일을 하게 해주고,
대학도 가고 싶다고 하면 보내줄 거야.
평범한 가정의 애들처럼.

그러기 위해서라면 나는
어떤 일이든 견딜 수 있어.

나는 15년 전에 이 단지에서 태어나 이 단지에서 자랐다.

단지는 언덕이라 부르기도 모호한 얕은 곳에 있고, 도심 같지 않게 울창한 숲이 주변을 둘러쌌으며 옥상에서는 신주쿠 도청 꼭대기가 아주 조금 보인다.

이 단지는 지난 쇼와 올림픽* 때 세워졌다고 하니까 아주 낡았다. 세로로 세 동(앞에서부터 1~3), 가로로 네 동(왼쪽부터 A~D)이 나란한데(우리 집은 B3동), 하나하나가 꼭 도미노 패 같다. 우리 언니도 이웃집 아줌마도 다음에 큰 지진이 오면 위험할 거라고 말하는데,

---

* 쇼와 시대는 히로히토 일왕 재임 기간인 1926년 12월 25일~1989년 1월 7일. 쇼와 올림픽은 1964년 도쿄 올림픽을 가리킨다.

이사하려는 사람은 없다. 우리 집처럼 이 단지 말고는 어디로도 가지 못하는 사람들만 여기에 있다.

소문에 따르면 이 단지가 세워지기 전인 아주아주 옛날, 이곳에서는 전쟁에 쓸 독가스를 개발했다고 한다. 듣기로는 효과를 실험하려고 많은 사람이 죽었다. 그래서 이 단지 아래에는 수많은 사람이 묻혀 있다는 것 같다. 전부 옆집 아줌마한테 들은 이야기다. 밤이면 단지 여기저기에 유령이 나타난다는 소문도 있다. 게다가 이 단지 옥상에서 뛰어내리는 사람도 많다. 이곳은 말하자면 자살 명소다. 어려서는 노을 질 때면 단지 구석이나 나무 덤불 속에 누가 서 있는 것 같아서 무서웠다. 그래도 내가 세 살 때 아빠가 죽고, 열 살 때 엄마가 언니와 나를 남기고 집을 나간 뒤로는 살아 있는 인간이 더 무섭다고 생각하게 됐다.

나보다 다섯 살 연상인 나나미 언니는 아르바이트를 하며 나를 키웠다. 나나미 언니가 처음으로 아르바이트한 곳은 이 단지 근처의 빵 공장인데, 지금은 내가 그 일을 하고 나나미 언니는 밤에 하는 일을 한다.

지금은 오전 9시. 옆방(그래봤자 이 집에는 방이 두 개뿐이니까 다다미 넉 장 반짜리 방이 언니와 내 침실이다)에서 나나미 언니가 자고 있다. 술 냄새도 조금 난다. 나는 슬슬 아르바이트를 하러 가야 한다. 혼자 아침을 먹고 이를 닦고 세수하고, 나나미 언니 스킨을 빌렸다. 언니처럼 화장을 하지는 않는다. 애초에 화장하고 가면 아르바이트 보스인 나가사카 씨한테 혼난다. 손톱도 바짝 잘라야 한다. 손톱은 항상 모르는 사이에 자란다. 머리카락도 그렇다. 앞머리가 금방 눈에 들어간다. 머리는 나나미 언니가 잘라준다. 나나미 언니는 원래 미용사를 꿈꿨기 때문에 머리카락을 잘 자른다. 나는 언니에게 매번 남자애 정도로 머리카락을 짧게 잘라달라고 한다. 쓰레기통에 손가락을 집어넣고 손톱을 깎았다. 손톱도 머리카락도 제멋대로 자란다는 생각이 한 번이라도 들면 내 머릿속이 빙글빙글 회전하기 시작한다. 자라지 않으면 좋겠는데. 내 키도 작년보다 훌쩍 자랐다. 작년에는 나나미 언니 가슴 정도였는데 지금은 벌써 목까지 왔다. 내 안의 뼈가 나도 모르는 사이에 자란다고 생각하면 무섭다. 하지만 나나미 언니한테 그런 이야기를 하면 "엄마처럼 되니까 하지 마라"라고 말해서 나는 나나미 언니에게는 말하지 않는다. "엄마처럼이 어떤 것처럼인데?"라고 물어보고 싶은데, 나나미 언니에게 물어본 적은 없다.

　나는 마치 죽은 것처럼 잠든 나나미 언니에게 다녀올게, 라고 작게 속삭이며 집에서 나왔다. 1층으로 내려가자 경찰이 잔뜩 와 있었다. 입구 옆 화단 쪽, 하얀 로프로 사람 형태를 그려뒀다. 설마 싶었다. 내가 사는 B3동 옥상으로 들어가는 입구는 자물쇠가 망가졌기 때문에 이 단지에서도 특히 투신자살하는 사람이 많다. 이 단지에 사는 사람뿐 아니라 다른 데서 온 사람도 뛰어내린다. 죽었을까. 머리 쪽 지면에 딸기잼처럼 보이는 것이 들러붙었다. 아마 죽었을 거라고 생각하며 나는 자전거 보관소에서 바구니가 달린 낡은 자전거를 꺼내 빵 공장으로 갔다.

　공장에 도착하면 작업복을 입고 위생모를 쓰고, 돌돌이로 온몸의 먼지를 제거한다. 그런 다음에 손을 씻고 알코올로 소독하고, 에어 샤워를 하고 마스크를 하고 또 손을 씻고 알코올로 소독하고 장갑을 끼고 작업장에 들어간다. 나는 딸기롤케이크 담당인데, 작년에 아르바이트를 시작한 이후로 담당 파트가 변경되지 않았다. 하얀 생크림이 발린 정사각형 반죽 모서리에 딸기를 균등하게 올린다. 상했거나 곰팡이가 핀 딸기가 있으면 제거하고, 다시 딸기 다섯 개를 가로로 나란히 놓는다. 반죽을 마는 것은 기계가 하는 일로, 기계는 내 옆에서 어마어마한 소리를 내며 돌아간다. 아르바이트 보스 나가사카 씨가 절대로 빨려 들어가면 안 된다고, 그러면 손이 없어질 거라고 했을 때는 진짜 무서웠다. 딸기를 다 올려도 차례차례 하얀 반죽이 계속 나온다. 그래서 아르바이트를 처음 시작했을 때는 우물쭈물하다가 나가사카 씨한테 혼났다. 내가 딸기를 다 올리면 자동으로 반죽이 기계 안으로 들어간다. 딸기, 딸기, 딸기, 딸기, 딸기. 딸기, 딸기, 딸기, 딸기, 딸기. 처음에는 손에 익지 않아 실수가 잦았고, 서 있기만 해도 지쳐서 울고 싶었다. 그래도 이 아르바이트는 다른 사람과 말하지 않아도 되니까 좋다. 딸기를 올리기만 하면 되니까. 편의점에서 딱 사흘 일한 적이 있는데, 그렇게 힘들고 다양한 일을 순식간에 하는 게 내게는 불가능하다는 것만 뼈저리게 알았다.

    점심시간이면 공장 사이렌이 울린다. 다 같이 식당에 간다. 작업복은 벗어도 되는데 위생모는 쓰고 있어야 한다. 처음에 나는 모두의 그런 모습이 재미있어서 속으로 키득키득 웃었다. 식당에서는 공장에서 나온 팔지 못하는 빵을 마음껏 먹을 수 있다. 그것도 이 아르바이트의 매력이었다. 테이블 위 바구니에 너무 오래 튀겨진 카레빵이나 뭉개진 롤케이크 끄트머리가 산더미처럼 쌓여 있다. 나는 차에 깔린 것처럼 납작해진 크림빵을 하나 들고 먹었다. 빵은 매일 먹어도 질리지 않는다. 원래 집에 가지고 가는 건 금지인데, 아르바이트하는 아줌마와 아저씨 대부분은 가지고 온 비닐봉지에 팔지 못하는 빵을 꽉꽉 채워서 가지고 간다. 나도 아르바이트를 막 시작했을 때, 나나미 언니에게 주려고 롤케이크 끄트머리를 가지고 간 적 있다. 단것을 좋아하는 나나미 언니가 기뻐할 줄 알았는데, 언니는 그걸 보고 엉엉 울었다. 공장에서 어떤 아줌마에게 괴롭힘당했던 게 생각났다고 했다. 나나미 언니는 그 아줌마에게 커다란 볼에 듬뿍 담긴 생크림을 집어

던지고 아르바이트를 그만두었다고 한다. 그래서 나나미 언니는 내가 빵이나 케이크를 가지고 와도 먹지 않는다.

내가 크림빵을 종이 팩에 든 우유와 함께 삼키는데, 나가사카 씨가 와서 "학교에서 먹으렴"이라며 비닐봉지에 든 뭉개진 딸기샌드위치와 잼빵*을 건네주었다. 매일 그런다. 고맙습니다, 하고 내가 고개를 숙이자 나가사카 씨는 만족했는지 몸을 흔들며 자기 테이블로 돌아갔다. 점심을 먹고 조금 쉬다가 다들 다시 작업장으로 간다. 그 후로 두 시간을 일하고 나는 단지로 돌아간다.

B3동 입구에 루이가 쪼그려 앉은 모습이 보였다. 루이는 우리 집 아래층에 사는 남자애다. 몇 살인지는 나도 모른다. 그래도 유치원이나 어린이집에 다니지는 않는 것 같다. 이 시간이면 여기 있을 때가 많다. 루이의 뺨에는 빨간 손가락 자국이 났고, 무릎에서는 피가 흘렀다. 루이는 늘 어딘가 다쳐 있다. "괜찮니?"

---

* 단팥빵처럼 생겼지만 단팥 대신 잼이 든 빵.

하고 물어도 루이가 말하는 걸 들은 적은 없다. 어쩌면 말을 못 할 수도 있다. 작년부터 항상 똑같은 노란색 장화를 신고 있는데, 오른쪽 발끝이 뜯어져서 엄지가 불쑥 나왔다. 신발도 옷도 진흙 놀이라도 한 것처럼 지저분하다. 루이 본인도 그렇다. 아무렇게나 자란 머리카락은 노숙자 아저씨처럼 끈적거리며 군데군데 엉겨 붙었고, 가까이 가면 비에 젖은 들개 같은 냄새가 난다. 루이의 시선이 내가 어깨에 멘 가방으로 향했는데, 당장이라도 물어뜯을 것 같은 눈빛이다. 나는 나가사카 씨에게 받은 비닐봉지에서 잼빵을 하나 꺼내 루이에게 줬다. 루이는 그 자리에서 빵을 우걱우걱 먹었다. 루이는 항상 배가 고프다. 루이와 같이 살고 있을 아빠나 엄마를 본 적은 없다.

나는 허둥지둥 계단을 올라가 우리 집으로 들어가서(그러지 않으면 루이가 다른 데로 갈 테니까) 소독약과 반창고를 가지고 왔다. 루이는 벌써 마지막 조각을 입에 넣으려는 참이었다. 나는 어쩔 수 없다고 생각하며 비닐봉지에 든 딸기샌드위치도 건넸다. 딸기샌드위치를 우걱우걱 먹는 루이를 계단에 앉게 하고, 피가 나는 무릎에 소독약을 뿌렸다. 피와 함께 땟국물이 흘렀다. 나는 그걸 휴지로 닦고 다시 한번 소독약을 뿌린 후(루이는 딸기샌드위치에 열중해서 얼굴도 찌푸리지 않는다) 100엔 균일 가게에서 산 헬로키티 반창고를 붙여주었다. 루이는 아마 남자애겠지만(파란 기관차 티셔츠를 입었으니까) 진짜로 그런지는 모른다. 다 됐어, 하고 내가 반창고 위로 루이의 무릎을 치자, 루이가 딸기샌드위치를 손에 들고 휙 어디론가 달려갔다. 루이는 언제나 배가 고프거나 다치거나 달리거나, 그러고 있다.

휘청거리며 다시 우리 집인 3층까지 계단을 올라간다.

오전에 두 시간, 오후에 두 시간밖에 일하지 못하는 것은 내 몸 때문이다. 서서 일하면 너무 지쳐서 야간 학교에 가지 못한다. 그러니까 야간 학교에 가기 전에 나는 단지의 우리 집 방에서(그래봤자 나나미 언니가 자는 방 옆의 거실 겸 부엌인 다다미 넉 장 반짜리 방) 조금 쉬어야 한다. 자지는 못해도 잠깐 누워 있으면 몸이 편해진다. 심각한 병은 아니다. 천식이다. 어려서부터 이랬다. 환절기가 되면 폐 안에서 쌕쌕 이상한 소리가 들리고 숨 쉬기 힘들어진다. 사실은 예방을 위해 네뷸라이저라는 빨갛고 큼지막한 달팽이 같은 기구에 든 약을 흡입해야 하는데, 돈이 아까우니까 나는 발작이 일어날 것 같을 때만 그걸 쓴다.

그때가 중학생 때였나. 한밤중에 숨을 쉬지 못해서 나나미 언니와 같이 구급차를 탄 적도 있다. 나나미 언니는 자기가 일하니까 미카게는 집에 있으면 된다고 말하지만, 우리 집 재정 상태를 생각하면 나나미 언니만 일하게 둘 수는 없다. 나나미 언니는 밤일에 관해서 말하지 않지만, 그건 아마도 남자와 술을 마시는 일일 테고 나나미 언니가 그 일을 하기 싫어하는 것도 안다. 나나미 언니를 빨리 미용 학교에 보내야 한다. 그러기 위해 나는 아르바이트 월급을 고스란히 나나미 언니에게 준다. 나나미 언니는 미카게 용돈이라며 그중 일부를 다시 빼서 돌려준다. 나는 그걸 그대로 곰 모양 저금통에 넣는다.

나나미 언니는 아직 옆방에서 자고 있다. 짧게 자다 깨다 하는 나와 달리 나나미 언니는 잠을 길고

깊게 잔다. 한밤중이나 새벽이 다 되어 퇴근해서, 일하러 갈 준비를 하는 오후 6시까지. 나는 나나미 언니를 깨우지 않으려고 방 사이의 미닫이문을 조용히 닫았다. 다다미에 눕기 전, 테이블 앞에 앉아 어제 학교에서 내준 숙제를 시작했다. 공부를 시작하면 머리가 멍해진다. 빵 공장에서 일하느라 지친 탓도 있다. 영어 단어도 수학 공식도, 아무리 생각해도 앞으로 내 생활에 필요할 것 같지 않지만, 그래도 나는 열심히 숙제를 해낸다. 야간 학교 수업은 느릿느릿 진행되니까 내 멍청한 머리로도 따라갈 수 있다. 그게 기뻤다. 아직 주간 학교에 다니던 시절에는 선생님 말도 같은 반 애들의 말도 너무 빨라서 따라가지 못했고, 칠판을 봐도 하얀 문자가 눈물로 일렁일렁 흔들렸고, 반 애들이 말을 걸어도 제대로 대답하지 못했다. 초등학생 때부터 그랬다. 괴롭히는 애들은 괴롭힘을 당할 사람을 순식간에 찾아낸다. 마치 사바나의 표범처럼. 중학생 때는 나나미 언니가 학교에 쳐들어와 선생님들과 싸우기까지 했는데 사태가 전혀 진정되지 않았다. 그래도 나는 학교가 싫지 않았다. 고등학교에 들어가면 다들 이런 멍청한 괴롭힘에 질릴 줄 알았다. 그런데 너무 낙관적이었다. 여전히 교과서나 실내화나 체육복을 숨기고, 더럽히고, 커터 칼로 갈기갈기 찢었고, 다들 나를 무시하는 것도 달라지지 않았다. 어느 날, 천식 발작이 일어나 쌕쌕 숨을 쉬며 교실 바닥에 쓰러져 있는 내게 아무도 시선을 주지 않고, 반 애들이 하나둘 내 위를 넘어 다닐 때, 그만 됐다고 생각했다. 그곳은 내가 있을 곳이 아니었다. 그래서 나나미 언니와 선생님과 상담해 야간 학교에 다니기로 했다.

야간 학교에는 나보다 훨씬 연상인 아저씨나 아줌마도 있고, 나처럼 괴롭힘 때문에 주간 학교에 다니지 못하는 애, 낮에 일하는 애도 예상보다 훨씬 많았다. 주간 학교와 다른 점은, 다들 공부하러 학교에 온다는 점이다. 내가 다녔던 주간 학교는 다들 공부를 하기보다 연애하거나 남을 괴롭히거나 밤에 놀러 다니느라 바빴다. 야간 학교 사람들은 누군가를 괴롭힐 여유가 없다. 자기가 괴롭힘을 당해왔다고 해서 남을 괴롭히려는 사람도 없다. 다들 자기 일로 머리가 꽉 찼으니까 다른 사람을 상관할 여유도 없다. 교실

구석에 앉아 있어도 이제 칠판의 글자가 일렁일렁 흔들리지 않는다.

또 기쁘게도 나는 야간 학교에 들어가서 거의 처음이라고 해도 좋을 친구를 사귀었다. 사토무타라는 같은 반 여자애다(나는 무짱이라고 부른다. 무짱이 그렇게 불러달라고 조용한 목소리로 부탁했다). 무짱은 구라하시라는 남학생을 내게 소개해주었다. 구라하시와 무짱은 야간 학교에 다니기 시작하면서 친구가 되었다고 한다. 쉬는 시간이나 급식 시간에도 우리 셋은 늘 같이 어울린다. 그러나 수다를 떨며 서로 속속들이 알아가는 식으로 사귀지는 않는다. 우리 셋 다 원래 말수가 적다. 그래도 두 사람 다 어딘지 나와 비슷한 것 같다. 물어본 적 없지만 나는 무짱도 구라하시도 주간 학교에서 괴롭힘을 당했을지 모른다고 생각한 적 있다. 무짱과 구라하시는 나를 미카게라고 부른다.

무짱은 낮에 편의점에서 아르바이트(내가 좌절했던 그 어려운 일!)를 하고, 구라하시는 뭔가 특별히 하는 일은 없는 것 같다. 공장의 빵이나 케이크를 가지고 가면 두 사람은 기뻐한다.

구라하시는 이렇게 말했다.

"아, 그, 그, 그래서 미카게는 재, 재, 잼 같고 크, 크, 크림 같은 냄새가 나는구나."

구라하시는 말할 때 자주 이런다. 주간 학교라면 구라하시의 말투는 틀림없이 괴롭힘의 표적이 되겠지만, 그러니까 나는 구라하시를 바보 취급하지 않겠다고 속으로 맹세했다. 무짱도 나와 같은지, 구라하시가 말을 시작하면 우리 둘은 참을성 있게 말을 마칠 때까지 기다린다.

오늘도 두 사람과 만난다고 생각하니까 기뻤다. 그런 생각을 하며 골치 아픈 숙제를 해치웠다. 낮에는 한여름처럼 더웠는데, 창밖에서 시원한 바람이 들어온다. 조금 누워 있으려고 홑이불을 덮고 뒹굴뒹굴했다. 베란다에 걸어놓은 빨래가 문득 눈에 들어왔다. 이미 다 말랐을 것이다. 거둬들여야겠다고 생각해 베란다로 나갔다.

B2동과 C2동 사이에 마당이나 공원이라고는 부르기 애매한 작은 공간이 있는데, 사실 그러면 안 될 테지만 자기 마음대로 오이나 토마토를 키우는 사람

이 있다. 그쪽을 보다가 어떤 할아버지와 눈이 마주쳤다. 할아버지는 체조라도 하는지 팔을 빙글빙글 돌리거나 점프를 하고 있었다. 그때 할아버지가 이쪽을 향해 손짓했다. 나는 아니겠거니 하고 좌우로 눈을 굴렸는데, 할아버지가 외쳤다.

"미카게! 미카게!"

갑자기 내 이름이 불리자 나는 놀라서 할아버지를 봤다. 할아버지가 거무죽죽하고 커다란 손바닥을 보이며 다시 이쪽을 향해 손짓했다. 당연히 잘못 들었을 거라고 여겨 마음이 조금 아팠지만 무시했는데, 할아버지가 또 "미카게!" 하고 내 이름을 큰 소리로 불렀다. 우리 단지에는 상태가 조금 안 좋은 노인들이 있는데, 처음에는 할아버지도 그런 사람인 줄 알았다. 다른 사람과 나를 착각하고 손짓하는 거라고 생각했다. 그런데 할아버지는 몇 번이나 큰 소리로 내 이름을 부르고 "이리 오라니까!"라고 외쳤다.

나나미 언니가 깰지도 모르니까 나는 무심코 고개를 끄덕인 뒤, 샌들을 신고 집에서 나왔다. 그만 좀 하세요, 라고 한마디 할 작정이었다. 계단을 내려가 할아버지 앞까지 달려갔더니 할아버지는 "하나! 둘! 셋!"이라고 크게 외치며 팔을 빙글빙글 돌리고 있었다.

"저기, 저는 미카게가 맞는데요, 큰 소리로 부르지 말아주세요"라고 말하고 싶은데, 용기가 없어서 말하지 못했다. 할아버지가 나를 보며 외쳤다.

"미카게! 축축 늘어져서 방에만 있으면 안 된다! 천식이면 체력을 키워야지! 자, 이렇게 몸을 움직이는 거야!"

어떻게 그런 걸 알고 있지? 할아버지는 하얀(군데군데 뭔가 붉은 갈색빛의 얼룩이 묻어 있었다) 티셔츠와 파란 추리닝 바지를 입었다. 바지 옆에 노란색으로 세로선이 그어져 있었다. 꼭 어느 학교의 체육복 같다.

"자, 이렇게!"

할아버지가 가볍게 점프했다. 나는 샌들을 신은 채 그 자리에서 살살 점프했다.

"좋아! 자자! 좀 더 이런 식으로!"

할아버지가 이번에는 두 팔로 반동을 주어 상반신을 빙그르르 돌렸다. 나도 그걸 따라 했다. 야간 학교에도 체육 시간이 있는데 나는 쉴 때가 많다. 조금만 격렬하게 움직이면 폐 안쪽에서 쌕쌕 소리가 나니까. 그런데 이번에는 그런 소리가 나지 않았다. 할아버지의 움직임이 워낙 느려서 그럴지도 모른다.

내가 왜 여기에서 체조나 하고 있지, 라고 의아하게 여기면서도 할아버지를 따라 체조를 마치자 조금 숨이 가빠졌다. 할아버지가 옆에 있는 밭에서 갑자기 토마토를 따더니 내게 던졌다. 나는 어설프게 그걸 받았다. 할아버지가 토마토를 덥석 깨물었다. 빨간 즙이 하얀 티셔츠에 좌르륵 튀었는데, 할아버지는 전혀 신경 쓰이지 않는 것 같았다.

"미카게도 먹어라!" 할아버지가 몇 번이나 그렇게 말해서 나도 어쩔 수 없이 손에 쥔 토마토를 깨물었다. 나는 토마토를, 아니 모든 채소를 다 싫어한다. 한 입 깨물자, 태양 빛을 받아 미지근해진 토마토는 역시 비린내가 나서 맛이 없었다.

할아버지가 "맛있지?"라고 물어도 잠자코 있었다.

"날 따라와라." 할아버지가 말했다. 나는 당황

했다.

 이 단지에는 이상한 사람도 많다. 특히 남자 중에는 더. 단지 모퉁이를 돌면 바지와 팬티를 내린 남자가 있는 것도 일상다반사다. 모르는 남자를 따라가면 안 된다는 말을 어려서부터 나나미 언니에게 수없이 들었다. 그래서 나는 말없이 그곳에서 도망쳐 달렸다. 할아버지가 내 이름을 아는 것도, 내 몸 상태를 아는 것도 왠지 무서웠다. 게다가 곧 저녁때다. 야간 학교에 가기 전에 저녁 준비를 해야 한다.

 등 뒤에서 "미카게! 미카게!" 하는 소리가 들렸으나 나는 묵묵히 우리 집으로 달려갔다. 잔뜩 녹이 슨 문을 잠갔다. 어휴, 하고 큰 한숨이 나왔다.

 나나미 언니는 일어나 있었다. 까만 브래지어와 팬티만 입고 이부자리에서 일어나 "어디 갔었니?"라고 물어서 곤란했다.

 "수, 수건이 날아가서." 나나미 언니의 얼굴을 보지 못하겠다.

 "흐응?"이라고 중얼거리며 나나미 언니가 심술궂은 미소를 지었다. 애초에 내 손에는 수건 따위 없다.

그래도 나나미 언니는 더 따지지 않았다. 나나미 언니가 발가벗고 욕실로 걸어갔다. 금방 물소리가 들려서 나도 부엌에 서서 저녁을 준비하기 시작했다.

나는 나나미 언니가 주는 '생활비'라는 돈을 써서 단지 안에 있는 마트(시들어빠진 채소를 팔지만 동네 마트 중에서 여기가 제일 싸다)에 가 장을 보고 저녁을 만든다. 그래봤자 요리를 배운 적이 없어서 채소볶음, 고기를 넣은 채소볶음, 카레, 고기감자조림 정도만 만들 줄 안다. 그래도 나나미 언니는 일하러 가기 전에 "맛있다, 맛있어. 미카게는 천재야"라며 내 요리를 먹어준다. 나나미 언니가 요리하던 시기도 있는데, 솔직히 그 요리는 내가 만든 것보다 심했다. 이상하게 비닐 맛이 나는 오므라이스나 이상하게 시큼한 카레 같은 것이었다. 나나미 언니에게 요리를 가르쳐준 사람이 아무도 없으니까 어쩔 수 없다. 엄마가 만들어준 요리도 기억에 없다. 스마트폰으로 만드는 법을 찾아서 만들 때도 종종 있는데, 그게 원래 어떤 맛인지 모르니까 맞는지 아닌지 모르겠다.

나나미 언니가 홀랑 벗고 욕실에서 나왔다. 나는

황급히 창가로 달려가 커튼을 쳤다. 동생인 내가 말하기 그렇지만, 나나미 언니의 알몸은 예쁘다. 탄력 있는 가슴이나 작지만 탱탱한 엉덩이. 여자인 내가 봐도 박력 넘쳐서 무심코 만지고 싶어진다. 중학생 때, 미술 교과서에서 본 〈비너스의 탄생〉이라는 그림의 비너스 같은 알몸이다. 나와는 전혀 다르다. 내 알몸은 꼭 성냥 같다. 나나미 언니의 알몸이 100만 엔이라면 내 알몸은 1엔이다. 자매인데도.

저녁밥을 차릴 때까지 나나미 언니는 테이블에서 화장을 시작한다. 의자에 무릎을 꿇고 앉은 채다. 나는 나나미 언니가 화장하는 모습을 보는 게 좋다. 뭔가를 얼굴에 바르고 두드리고 색을 얹을 때마다 나나미 언니가 점점 미인이 된다. 너무 빤히 쳐다보다가 조림을 태운 적도 셀 수 없이 많다. 나나미 언니는 나와 생김새도 전혀 다르다. 나도 화장하면 나나미 언니처럼 미인이 될 수 있을까. 아마 안 되겠지.

완성한 고기감자조림을 빵 공장에서 받은 접시에 얹는데, 조금 전의 일, 할아버지와 체조를 한 일은 나나미 언니에게 말하지 않는 편이 좋겠다는 생각이 들었다. 나나미 언니에게 뭔가 숨긴 적은 거의 없는데, 들키면 죽을지도 모른다. 초등학생 때, 같은 반 애들한테 부추김을 당해 단지 마트에서 작은 껌을 훔쳤을 때는 뺨을 얻어맞았다. 서슬 시퍼렇게 혼내서 오줌을 지렸을 정도다. 축축한 팬티를 입은 채 나나미 언니에게 팔을 붙잡혀 마트에 껌을 돌려주러 갔었다.

"아이고, 뭐 이런 걸 일부러"라며 귀찮은 티를 내는 점원에게 나나미 언니와 나는 몇 번이나 고개를 숙였다. 단지에 사는 아이 중에 이런 도둑질로 시작해 나쁜 길로 가버리는 애도 많다. 내가 그 사건 이후로 같은 반 애들이 아무리 꼬셔도 나쁜 짓을 하지 않은 건 나나미 언니 덕분이다. 그게 학교에서 괴롭힘을 당하는 한 가지 이유가 되긴 했지만.

나나미 언니는 밤일을 마치고 새벽이 다 되어서 돌아올 때가 많기 때문에 나는 대부분 자고 있다. 저녁을 먹는 시간이 나나미 언니와 대화할 수 있는 유일한 시간이다. 그러니까 나는 이 시간을 아주아주 좋아한다. 나나미 언니는 나의 단 하나뿐인 가족이다. 나를 지켜주는 사람이다. 나나미 언니가 방에 있으면 조명도 반짝 밝아지는 것 같다. 중학생 때까지는 나나미 언니도 엄마처럼 갑자기 사라지면 어떻게 해야 하나, 같은 생각을 일부러 하면서 훌쩍훌쩍 운 적도 있었다. 예를 들어 천식 발작이 일어났는데 나나미 언니가 아직 돌아오지 않았던 밤에. 천식 발작은 약을 먹으면 진정되지만, 내 몸속 어디에 있는지 알 수 없는 마음이라는 곳이 훌쩍훌쩍 슬퍼지곤 했다.

그럴 때, 나는 헉헉 거칠게 숨을 쉬며 창문 너머의 새까만 밤을 보면서 울었다. 나와 나나미 언니가 자는 방의 창문은 작고, 창틀은 알루미늄인데 건물 전체가 기울어진 탓인지 잘 열리지 않는다. 그래도 밤의 차가운 바깥 공기가 들어오면 호흡이 편해졌다. 그럴 때는 죽어버린 아빠나 갑자기 사라진 엄마를 생각했다. 아빠는 병이니까 어쩔 수 없다. 하지만 엄마가 사라진 건 내가 이해할 수 없는 사건이었다. 아직 어딘가에 살아 있을 거라고 생각하면 기분이 이상하다. 엄마가 있는 세계가 어딘가에 있다. 엄마가 나나 나나미 언니를 그리워하는 밤이 있을까?

나나미 언니는 엄마를 "돼지만도 못한 인간!"이라

고 욕한다. 일하고 지쳐서 돌아왔을 때, 자주 그렇게 말한다. 아빠를 그런 식으로 말한 적은 없다. 일하고 돌아오면 나나미 언니에게서 술 냄새가 나는데, 나는 어렸을 때 그 냄새를 맡았던 것 같다. 아빠일까 엄마일까.

나나미 언니는 고기감자조림을 입에 가득 넣고 "미카게는 천재야!"라며 내 머리를 쓰다듬었다.

"몸은 괜찮아?" 나나미 언니는 밥을 먹으며 매일 똑같은 걸 묻는다.

"괜찮아" 하고 나도 매일 똑같이 대답을 돌려준다. 나나미 언니는 내 안색이 조금 안 좋은 것이나 폐에서 아주 작게 나는 쌕쌕 소리를 보지 못하거나 듣지 못한 적이 없다.

"약은 매일 먹지?" 무서운 얼굴로 물어보면 나도 소리 내지 않고 고개를 끄덕이는데 그건 거짓말이다. 병원에 들어가는 돈은 최대한 나중으로 미루고 싶으니까.

"언니는 괜찮아?" 하고 물으면 나나미 언니는 '뭐가?'라는 듯한 표정을 짓는다. 마치 '안 괜찮을 게 도대체 뭐가 있니?'라고 말하는 것처럼. 그래도 나와 나나미 언니에게 뭐가 괜찮고 뭐가 괜찮지 않은지 사실 나는 모른다. 엄마가 사라졌던 것은 나나미 언니와 나에게 괜찮지 않은 일이 분명하다. 그래도 나나미 언니가 어떻게든 해줬다. 나나미 언니도 어린애였는데. 그 사건이 나나미 언니에게는 괜찮지 않은 일의 기준이다. 그래도 나는 나나미 언니가 곁에 있으면, 나나미 언니는 내가 쌕쌕거리지 않으면 괜찮지 않은 일도 괜찮은 일이 된다. 매일 "괜찮아?"라고 서로를 확인하면서 나와 나나미 언니는 이 단지에서 살아왔다.

야간 학교는 오후 5시 55분부터 시작이다.

학교까지는 조금 멀어서 나는 녹슨 바구니 자전거를 타고 간다. 엄마가 타던 것이다. 9월 초여서 밤이 아직 밝다. 여전히 낮 같다. 그래도 조금씩 하늘이 어두워지고, 야간 학교는 환락가 중심에 있으니까 창문 너머로 번쩍거리는 네온사인이 보이기 시작한다. 나는 숙제는 성실하게 하지만 공부 자체는 주간 학교 때와 마찬가지로 흥미를 느끼지 못한다. 그래도 교실 제일 뒷자리에 앉아 점점 어두워지는 창밖을 보는 걸 좋아했다. 게다가 야간 학교에는 친구도 있다.

내 대각선 앞에 앉은 무짱은 책상에 교과서를 세운 채 고개를 박고 졸고 있다. 무짱은 야간 학교가 시작하기 직전까지 편의점에서 아르바이트를 한다. 무짱이 일하는 편의점은 야간 학교 바로 근처다. 학교에 가기 전, 나도 무짱이 아르바이트하는 편의점에 몇 번쯤 간 적이 있다. 계산대에 선 무짱은 마치 마술사 같았다. 손이 세 개나 네 개는 있는 것처럼 보였다. 여러 가지 일을 순식간에 해냈다. 나도 빵 공장보다 시급 좋은 편의점에서 일하고 싶었던 적이 있었는데, 무짱을 보고서 도저히 못 하겠다고 생각했다.

구라하시는 제일 앞자리에 앉아 머리가 좋아 보이는 까만 안경을 쓰고 열심히 수업을 듣는다. 머리가 좋아 보이기만 하는 게 아니라 정말로 머리가 좋다. 시험 성적은 늘 1등이다. 시험 전이면 무짱이나 나는 구라하시에게 의지한다. 무짱과 나는 지능 수준이 비슷한 것 같은데, 구라하시는 머리 나쁜 우리도 이해할 수 있게 친절하게 공부를 가르쳐준다.

"구라하시는 학교 선생님이 되면 좋겠다." 내가

무심코 말하자, 구라하시가 표정을 싹 바꾸더니 말했다.

"이, 이, 이렇게 말을 제, 제대로 못 하는 선생님은, 어, 없을 거야."

당황해서 미안하다고 하자, "그, 그, 그런 건 전혀, 전혀 신경 안 써도 돼"라고 웃어줘서 마음을 놓았다. 그래도 구라하시는 원래 야간 학교에 올 학생은 아닐 거다. 수준이 훨씬 더 높은 학교에 갈 수 있고, 분명 대학도 갈 수 있다. 말을 잘하지 못해도 구라하시의 똑똑한 머리를 살릴 일이 이 세상에 얼마든지 있을 것 같다.

오후 7시부터 급식 시간인데 나는 집에서 밥을 먹고 왔으니까 먹지 않는다. 덕분에 급식비를 아낄 수 있다. 무짱과 구라하시는 급식을 먹는다. 나는 배가 고플 때를 위해 빵 공장에서 받은(정확히는 무단으로 가지고 온) 빵을 가지고 오곤 하는데, 오늘 빵은 루이에게 줬으니까 없다. 어쩔 수 없이 어제 받은 피낭시에와 식빵 테두리를 가지고 왔다. 오늘 급식은 중화덮밥이었다. 두 사람이 먹는 급식은 정말 맛있어 보인다.

집에서 물통에 담아 온 보리차를 마시며 나는 무심코 빤히 바라보았다. 그렇게 바라보자, 구라하시가 "조금 먹어볼래?" 하고 젓가락 끝을 냅킨으로 닦으며 나를 봤다. 빤히 바라본 게 너무 부끄러웠다.

"아니야, 괜찮아." 대답하며 나는 조금 딱딱해진 피낭시에를 먹었다. 무짱이 내 책상에 올려놓은 비닐봉지에서 식빵 테두리를 집어 입에 넣고 말했다.

"오, 잘 딱딱해졌네."

"응? 그게 무슨 말이야?" 나는 무심코 물었다.

"편의점 빵은 아무리 오래 둬도 폭신폭신하잖아. 좀 무섭지 않니?"

"어? 그게 무슨 말이야?" 나는 똑같은 질문을 다시 한번 반복했다.

"음, 그러니까 딱딱해지지 않는 약 같은 걸 잔뜩 썼을 것 같아. 이 빵에는 밀가루랑 버터랑 설탕 정도만 들었잖아. 그러니까 아마 시간이 지나면 딱딱해지고 썩기도 하겠지. 편의점 빵은 아무리 시간이 지나도 상하지 않을 거야. 영원히 죽지 않아."

"빵도 죽어?"

무짱이 딱딱해진 식빵 테두리를 씹으며 어이없다는 듯이 말했다.

"빵의 죽음이라면……. 먹지 못하게 되면 끝인 거 아니야?"

그러자 나와 무짱의 대화를 듣던 구라하시가 "사, 살아 있는 동안 먹은 음식에서 보존료를 잔뜩 섭취하니까, 요, 요즘 시체는 잘 썩지 않는대"라고 말했다.

"그거 자주 듣는 도시 전설이네……." 무짱이 코웃음을 쳤다.

"……시체는 썩어?" 내가 묻자, 무짱과 구라하시가 얼굴을 마주 보았다.

무짱은 내 얼굴을 보며 입술 오른쪽을 올려 빈정거리는 듯한 미소를 지었다. 때때로 이럴 때가 있다. 내가 모르는 게 너무 많으니까 그렇다. 사람이 죽으면 썩는다니 처음 들었다. 아빠도 죽은 후에 썩었을까. 내 눈썹이 팔자로 축 처지는 걸 느꼈다. 슬퍼서가 아니라 내 머리로 이해할 수 있는 것 이상을 알게 되면 이런 얼굴이 된다.

"지, 지금은 그, 금방 화장하니까, 그, 그, 그러기 전에도 썩지 않게 드라이아이스로 처리하기도 해."

구라하시가 그러니까 안심해도 된다는 의미로 말하는 것 같았다. 무짱은 아는 게 없는 나를 바보 취급하는데, 구라하시는 바보 취급하지 않는다. 딱딱해진 식빵 테두리를 집은 내 손가락을 봤다. 아직 썩지 않았다. 나는 아직 살아 있다. 내가 빵 공장에서 만든 롤케이크가 썩은 모습을 상상하자 역시 조금은 슬퍼졌다. 썩으면 쓰레기통에 버려진다. 인간이 썩으면 제대로 불로 태워주려나? 이런 무서운 생각도 머릿속에 떠올랐는데, 나는 어떻게든 그 생각을 몰아냈다. 그래도 빵 공장에서 때때로 목격하는 상한 딸기가 생각났다. 초록색과 하얀색 곰팡이에 뒤덮인 딸기가 있으면 나는 작업대 아래의 쓰레기통에 휙 버린다. 인간 역시 비슷할지도 모른다고 생각하자, 오늘 본 투신자살한 사람의 형태를 한 하얀 로프가 생각났다. 그 사람의 몸은 썩지 않고 불에 잘 탔을까.

사람이 죽으면 썩는다는 말을 들은 후로는 급식

시간 이후의 수업도 건성으로 들었는데, 그래도 학교는 평소처럼 오후 9시에 끝났다.

"그럼!" 이미 졸려 보이는 무짱은 교문 너머로 후다닥 도망치는 것처럼 가버리는데, 구라하시는 내가 자전거 보관소에서 꾸물꾸물 바구니 자전거를 꺼내는 걸 교문 쪽에서 계속 기다려준다.

"내, 내, 내일 또 봐! 바, 밤길 조심하고." 구라하시는 자전거로 달려가는 내게 그렇게 인사한다. 나는 자전거를 탄 채 "바이바이!" 하고 외치고 단지로 돌아간다. 나는 구라하시가 말하는 "내일 또 봐"가 참 좋다. 내일이 오는 게 즐겁다니, 초등학생 때도 중학생 때도 주간 학교에 다닐 때도 생각해본 적 없었다. 그래도 지금은 내일이 오는 게 조금 기대된다.

환락가를 빠져나와 단지로 향했다. 멀리 보이는 단지는 숲과 하나를 이루어 밤하늘에 짙은 그림자를 퍼뜨린다. 밤의 단지는 가로등 불빛도 어둡고 조금 무섭다. 그래도 이 계절에는 모두 창문을 열고 지내니까 각각의 집에서 빛이 새어 나오고, 텔레비전 소리나 사람이 대화하는 소리, 뭔가 요리하는 소리나 냄새도

난다. 나는 그런 걸 코와 귀로 느끼는 것이 좋았다. 들여다보진 않아도 문득 창문에 시선을 주면 인간 생활의 다양한 모습이 보인다. 마치 내가 유령이 되어 이 단지를 헤매는 것 같다.

그래도 넋을 놓고 느긋하게 걷는 것은 아니다. 나는 주머니에 든 커터 칼의 존재를 확인했다. 내가 사는 B3동에서 일어난 적은 없지만, 몇 개의 동 입구에서 학원에 다녀오던 초등학생 여자애가 습격당한 사건이 있었기 때문이다.

무슨 일이 생겨서 큰 소리를 내도 이 단지 사람들은 무조건 무시하니까, 자기 몸은 스스로 지켜야 한다. 나나미 언니가 그렇게 말하며 커터 칼을 줬다. 그렇지만 만약 나쁜 사람이 나타나더라도 내가 커터 칼로 누군가를 베진 못할 거다. 나는 나나미 언니가 아니니까. 그래도 B3동 입구까지 오면 나는 주변에 아무도 없는지 확인하고 커터 칼 칼날을 톡톡 꺼낸다. 칼날 끝이 어두운 가로등 불빛을 반사한다. 만약 나쁜 사람이 나오면 위협할 생각으로 칼날을 꺼낸 커터 칼을 손에 쥐고 계단을 올라간다. 3층인 우리 집 앞까지는 계단을 올라가면 바로다. 계단참까지 포함해서 일곱 계단. 아무도 없다. 안심하며 일곱 계단을 올라가려는데 누군가가(얼굴이 보이지 않아서 꼭 크고 까만 천 뭉치처럼 보였다) 집 앞에 쭈그리고 앉은 게 보였다. 꺄아악, 이나 으으악, 이라고 외치지도 못하고 나는 뒷걸음질로 계단을 내려갔다. 도망쳐야 해. 제일 먼저 든 생각은 그것이었다.

"기다려!"

남자의 가냘픈 목소리가 들렸다. 그 목소리에 몸이 굳어버렸다. 나는 커터 칼을 든 오른손을 축 늘어뜨린 채 계단참에 멈춰 섰다.

"나기사 씨 여동생이죠?"

나나미 언니는 나기사가 아니다. 그러나 나나미 언니가 밤일을 할 때 그 이름을 쓴다는 걸 알고 있다. 일하러 가기 전에 나나미 언니가 전화를 받으며 "여보세요, 나기사입니다만"이라고 말하는 걸 들은 적 있다.

"저기, 이거……."

남자가 꾸깃꾸깃한 종이 같은 것을 내밀었다. 잘

보니 원래는 하얀 봉투였을 텐데 남자 손의 땀과 때가 묻어 봉투로 보이지 않는 무언가로 변해 있었다. 겉에는 삐뚤삐뚤한 글씨로 '나기사 님'이라고 적혀 있었다. 나는 오른손의 커터 칼을 힘차게 움켜쥐었다. 만에 하나 남자가 뭔가 하려고 들면 커터 칼을 휘두를 생각이었다. 밍, 밍, 벌레 소리만 들리는 계단참에서 나는 꿀꺽 침을 삼켰다.

"이걸 나기사 씨한테 전해주면 좋겠어요……."

"……."

남자의 손이 계속 허공에 머물렀다. 내가 그걸 받지 않으면 남자가 계속 우리 집 앞에 버티고 있을 것 같았다. 나는 어쩔 수 없이 왼손 엄지와 검지로 그걸 집었다. 남자가 내 얼굴을 빤히 바라보았다.

"여동생 맞아요?"

나는 대답하지 않았다.

"하나도 안 닮았네." 그렇게 말한 남자가 일어났다. 내 앞을 지나갈 때, 후끈한 땀 냄새가 났다. 천천히 계단을 내려간 남자의 등이 밤의 어둠에 녹아 보이지 않을 때까지 나는 그 자리에 내내 서 있었다.

내 손에서 달칵 소리를 내며 커터 칼이 떨어졌다. 그걸 줍는 내 손바닥이 땀으로 끈적끈적했다. 남자가 사라지자마자 무릎이 후들후들 떨렸다. 나는 얼른 가방에서 집 열쇠를 꺼내 집 안으로 미끄러지듯이 들어갔다. 나나미 언니가 켜놓고 간 현관 불빛이 나를 비췄다. 후아아아, 긴 한숨이 아무도 없는 어두운 방 안에 퍼졌다.

다음 날 아침 눈을 뜨자 테이블 위에 놓아뒀을 봉투가 꾸깃꾸깃 뭉쳐져 쓰레기통에 버려졌다. 봉투를 열어본 흔적도 없다. 어제 본 남자의 땀내가 코끝에서 되살아나는 것 같았는데, 나나미 언니가 이 편지를 읽었든 읽지 않았든 뭔가 성가신 일에 휘말려버린 것 같았다.

나나미 언니는 늘 그렇듯이 속옷 차림으로 깊이 잠들었다. 오늘은 빵 공장 아르바이트가 없다. 나는 나나미 언니가 벗어 던진 옷과 쓰고 대충 던져놓은 수건을 모아 세탁기에 넣고 돌렸다. 나나미 언니가 자는 방의 미닫이문을 닫고 옆방에 누웠다. 어딘지 부자연스러운 천장의 나뭇결무늬를 바라보는데 어제 겪었던 사건의 공포가 되살아나는 것 같았다. 나나미 언니가 걱정할 것이기 때문에 남자가 왔었다고 말할 생각은 없다.

빵 공장 아르바이트는 매일 할 수 있을 것 같은 날과 그렇지 않은 날이 있다. 하여간 하루 네 시간 동안 서서 딸기를 올리기만 해도 내 몸은 지쳐서 녹초가 된다. 그러니까 월요일, 수요일, 금요일 사흘만 일하러 간다. 나나미 언니는 매일, 바쁠 때는 토요일도 일요일도 일한다. 그게 미안하기도 했다. 언제던가 "빵 공장에서 매일 일할까?"라고 나나미 언니에게 말했을 때, "일 안 해도 돼! 애초에 빵 공장은 밀가루가 폴폴 날리니까 네 몸에 좋을 리 없잖아!"라고 혼났다. 하지만 편의점 일도 어려워서 못 하는걸.

"언니가 하는 일, 조금만 더 크면 나도 할 수 있을까?"라고 묻자, 언니가 "이 바보야!"라고 호통을 쳤다. 나나미 언니는 밤일에 관해 전혀 말하지 않으니까 나는 상상할 수밖에 없다. 남자와 술을 마시거나, 뭐 그런 일이라면 나라도 할 수 있지 않을까, 나나미 언니에게 이렇게 말하려고 했지만 또 야단맞을 것 같아서 아무 말도 못 했다.

언제던가 나나미 언니가 금고 안 통장을 허공에 팔랑팔랑 흔들며 "앞으로 조금만 있으면 밤일을 그만 둘 수 있고 미카게도 일 안 해도 돼!"라고 기뻐한 적이 있다. 내 일은 그렇다 쳐도 나나미 언니가 하루라도 빨리 밤일을 그만두고 미용 학교에 다니면 좋겠다. 하고 싶은 일을 하면 좋겠다. 나나미 언니는 사실 밤일 같은 건 하기 싫을 것이다. 내가 깨어 있을 때, 굉장히 지친 얼굴로 돌아온 적도 있고 울었나 싶은 얼굴을 한 적도 있다. 내가 좀 더 건강해서 일을 많이 할 수 있는 여동생이었다면, 나나미 언니는 밤일 따위 안 해도 됐을 텐데. 그때 창밖에서 소리가 들렸다.

"미카게! 미카게!" 그 할아버지 목소리다.

내가 허둥지둥 베란다로 나가자, 역시 저번의 그 할아버지가 손짓했다. 오늘은 체조 비슷한 행동을 하지 않는다. 나는 조용히 하라고 입에 손가락을 대고, 현관으로 가 샌들을 신은 뒤 할아버지가 있는 곳으로 갔다. 내 이름을 밖에서 큰 소리로 부르지 말아주세요. 항의할 기력도 용기도 없지만, 매일 이름을 불리는 건 싫다.

내가 할아버지에게 다가가자, 할아버지가 만족스럽게 웃으며 저번처럼 체조를 시작했다.

"제, 제 이름을 부르지 말아주세요." 작은 소리로 말해도 할아버지는 모르는 척이다. 어쩌면 들리지 않았을지도 모른다. 나는 조금 더 큰 소리로 말했다.

"제 이름을 부르지 말아주세요."

"체력을 키워야 해. 그러면 일도 할 수 있게 될 거야." 그런 말을 듣자 으아악, 하고 비명을 지르고 싶었다. 어떻게 내 생각을 알았지?

"자, 이런 식으로!" 할아버지는 그렇게 말하며 팔을 빙글빙글 돌렸다. 내가 그냥 서 있기만 하자, 내 팔을 잡고 돌리려 했다. 더는 할아버지가 건드리는 게 싫었으니까, 나는 어쩔 수 없이 팔을 돌렸다.

"팔뚝 아래에서부터! 견갑골을 돌리는 것처럼 빙글빙글!"

할아버지 목소리가 울려 퍼진다. 누가 볼지도 모른다고 생각하자 나는 불안해 미칠 것 같았다. 나나미 언니도 잠에서 깰지 모른다. 나나미 언니에게 들키는 것만은 피하고 싶었다. 이게 끝나면 저번처럼 얼른 집에 돌아가야지.

팔을 돌리고 점프를 하는 신기한 체조를 마치자, 할아버지가 저번처럼 옆의 밭에서 오이를 하나 따 내게 줬다. 할아버지는 오이를 씻지 않고 서서 그냥 먹었다. 내 손에도 오이가 하나 들렸다. 이대로 도망치려고 뒤를 돌아본 그때, 할아버지가 말했다.

"경비 일을 하러 가자."

"겨, 경비?"

"나는 단지 경비원이야. 미카게도 오늘부터 그 일원이 되는 거야." 그러더니 저번처럼 먹다 남은 오이를 밭에 던졌다. 그리고 바닥에 놓인 빨갛고 작은 배낭을 내게 줬다. 크기는 작았지만 뭐가 들었는지 꽤 무거웠다. 할아버지가 갑자기 성큼성큼 걷기 시작했다. 등에는 내가 받은 배낭보다 훨씬 더 큰 파란색 배낭을 메고 있었다. 내가 조금 전처럼 멍하니 서 있자, 할아버지가 까맣고 큰 손바닥으로 "이리 와!"라며 마치 개를 부르는 것처럼 손짓했다. 할아버지의 손짓은 마술 같다. 나를 아무 말도 못 하게 한다. 이게 대체 무슨 일인가 싶으면서도 나는 빨간 배낭을 메고 할아버지 뒤를 쫓아갔다.

할아버지 뒷모습을 보면서 어쩌면 이 할아버지는 치매일지도 모른다고 생각했다. 단지에 그런 할아버지나 할머니가 많이 있다. 단지의 작은 공원에서 혼잣말을 계속하는 할아버지라든가 "B29[*]가 날아와!"라며 방석을 머리에 쓰고 단지를 뛰어다니는 할머니라든가. 나는 그런 사람을 봐도 못 본 척했고 가능하면 말려들기 싫었다. 그러나 인사만은 했다. 인사를 받아주는 사람은 거의 없었고 때때로 "네 언니는 갈보야!"라는 말을 들은 적도 있다(단어의 의미는 모르는데 그 말을 한 할아버지 표정으로 보아 그리 좋은 말이 아니라는 건 알았다). 마음이 우울해지는 소리를 들어도 나는 신경 쓰지 않으려 했다. 나나미 언니는 "언젠가 반드시 이 단지에서 나갈 거야"라고 말했으니까……. 여긴 나와 나나미 언니의 임시 거처라고 생각하기로 했다. 그래도 나는 단지 이외의 집이 어떤지 모른다. 무쨍이

---

* 미군이 제2차 세계대전에 투입한 폭격기.

나 구라하시가 어떤 집에 사는지도 모르는데, 이 단지보다는 괜찮은 곳일 것 같다.

할아버지와 나는 어느새 B1동 앞에 있었다. 나는 B3동 말고 단지의 다른 동에 가본 적 없다. 이 단지에는 친구도 없으니까. 입구에는 담배꽁초와 편의점에서 무언가를 담아줄 때 쓰는 비닐봉지가 흩어져 있었다. 스산하다고 멍하니 생각했다. 내가 사는 B3동은 이렇지 않다.

"뭘 하든 제일 먼저 청소야."

할아버지는 그렇게 말하며 바지 주머니에서 비닐봉지를 꺼내 내게 내밀었다. 그런 다음 비닐봉지를 하나 더 꺼내 맨손으로 사방에 널린 쓰레기를 주워 자기 봉지에 획획 넣었다. 나는 비닐봉지를 뒤집어서 쓰레기를 주웠다. 이 일을 최고층인 5층까지 계속했다. 쓰레기는 얼마든지 있었다. 나는 엉거주춤한 자세에 지쳐서 쪼그리고 앉아 쓰레기를 줍는 척하며 잠깐 쉬었다. 쓰레기 줍기가 끝나자, 할아버지는 계단을 내려갔다. 나도 비틀비틀 쫓아갔다.

3층까지 오자 할아버지가 어느 집의 문을 두드

렸다. 대답이 없다. 할아버지가 "기누요 씨!" 하고 큰 소리로 외쳤다. 또 잠깐 사이를 두었다가 우리 집과 비슷하게 잔뜩 녹이 슨 문이 열렸다. 머리가 새하얗고 허리가 굽은 할머니가 빛바랜 민소매 원피스를 입고 나왔다. 고개를 들었는데 오른쪽 눈이 탁한 흰색이다. 언젠가 이런 눈을 한 길고양이를 본 적 있다. 보이긴 하려나 생각하는데, 할머니가 갑자기 내 손을 잡고 "사치코!" 하고 외쳤다.

"사치코! 돌아왔구나아아아아" 하고 할머니가 울기 시작했다. 무심코 "네"라고 대답할 뻔한 것은 할머니가 너무도 기뻐 보였기 때문인데, 그건 죄를 짓는 거짓말이다.

"이 아이는 미카게야. 사치코가 아니야." 할아버지가 딱 잘라 말하더니 내 몸을 뒤로 돌리고 내가 멘 배낭에서 파란 포카리스웨트 병을 두 개 꺼내 기누요 할머니에게 내밀었다.

"죽으면 절대 안 돼! 이걸 홀짝홀짝 마시면 돼! 약이야!"

할아버지는 단호하게 말하며 포카리스웨트를 기

누요 할머니에게 떠넘기고 반강제로 문을 닫았다. 할아버지가 가벼운 발걸음으로 계단을 내려갔다. 이래도 되는지 생각하며 나도 할아버지 뒤를 쫓아갔다. B1동 출입구를 지나서 할아버지에게 물었다.

"저기…… 단지 경비원이 뭐예요?"

"살아남은 자의 생존 확인! 아이들의 안부 확인! 여기에서 뛰어내리는 사람이 없는지를 체크!"

할아버지가 단호한 목소리로 말했다. 할아버지의 말에는 망설임이 없었다.

"오늘부터 미카게도 그 일원이야!"

"엑." 갑자기 무슨 소리람…….

"얼마 전에 B3동에서 벌어진 자살은 안타까웠어……. 내가 경비를 안 하고 있을 때에."

할아버지가 눈을 질끈 감았다. 눈물은 흐르지 않았지만 울고 있는 거라면 어린애 같은 울음이라고 생각했다.

사람 형태를 한 하얀 로프가 생각났다. 그 사람, 아마 이미 살아 있지 않겠지.

"미카게, 너와 네 언니 나나미는 어떻게든 이 단

지에서 살아남았지! 모두의 본보기가 되도록 앞으로도 노력하려무나."

그러더니 할아버지가 자기 배낭에서 노란 별 모양 배지를 꺼냈다. 비닐로 만든 유치원 이름표 같은 배지다. 굵은 매직펜으로 '미카게'라고 적혀 있다. 나는 그걸 가슴에 달지 않고 치마 주머니에 넣었다.

그날은 그 후로 B1동의 할아버지와 할머니 집을 방문했다. 다들 당장이라도 죽을 것 같은 할아버지와 할머니였다. 아까 봤던 할머니처럼 하는 말과 현실이 잘 연결되지 않는 사람도 많았다. 그래도 모두 할아버지가 문을 열면 얼굴 한가득 미소를 보여주었다. 할아버지와 내가 마지막으로 간 곳은 옥상이었다. 펜스 군데군데 구멍이 뚫려 있었다. 누가 여기에 발을 걸쳤을까. 할아버지는 그걸 배낭에서 꺼낸 도구로 일일이 수리했다. 철사도 펜치도, 할아버지 배낭에는 뭐든 들었다. 마치 도라에몽의 주머니 같다. 나는 급수탑 그늘에 쪼그리고 앉아 할아버지가 하는 일을 멍하니 지켜보았다. 할아버지는 아무 말도 없었다. 9월의 태양이 제법 기울고 시원한 바람이 불었다. 단지를 둘러싼 숲에서 저녁매미 우는 소리가 들렸다. 할아버지가 돌아보고 손짓했다. 나는 일어나 할아버지 옆에 섰다.

"뛰어내리면 안 된다!" 할아버지는 내 얼굴을 보며 그렇게 말했다. 나는 펜스 너머로 아래를 봤다. 이 높은 펜스를 넘어가 뛰어내린다니 도저히 무리다.

"안 해요." 내가 말하자 할아버지가 처음으로 웃는 얼굴을 보여주었다. 어느새 할아버지 가슴에 내게 준 것과 같은 노란 별 모양 배지가 달려 있었다. 굵은 글씨로 '젠지로'라고 적혀 있었다.

빵 공장 아르바이트는 월, 수, 금이니까 화요일과 목요일이면 나는 젠지로 할아버지와 함께 단지 경비를 다녔다. 왜냐하면 베란다 아래에서 나를 부르니까. 어쩌면 젠지로 할아버지는 월, 수, 금에도 나를 부를지 모르지만, 내가 내려오지 않으니까 자연스럽게 그날은 내가 없지만, 이해했을 수도 있다.

젠지로 할아버지는 내게 천식이 있다는 것과 나나미 언니에 관한 것까지 알고 있었다. 언젠가 학교에서 배운 '개인정보 유출……'이라는 말이 머리를 스쳤는데, 애초에 우리 집에 아빠와 엄마가 없는 것, 내가 나나미 언니와 둘이 산다는 것은 아마 이웃뿐 아니라 단지 사람들 모두가 알고 있을 것이다. 나도 단지의 다른 사람들 사정을 알고 싶지 않지만, 옆집 아줌마로부터 이런저런 소문을 반강제로 들을 때도 있었다.

이를테면 "저기 저 집 아들은 은둔형 외톨이로 지낸 역사가 15년이야. 저 집 부인은 남편의 가정 폭력에 시달리다가 자식을 두고 도망쳤어" 같은 것이다. 그런 이야기를 들어도 나는 전혀 흥미가 없으니까 오른쪽 귀로 듣고 왼쪽 귀로 흘려보내는데, 누군가 그런 소문 하나하나를 모아 형태로 만들면 이 단지에 누가 어떻게 사는지 고스란히 알려질 것이다.

엄마가 사라졌을 때, 단지를 걷다 보면 "어쩜 큰일이구나. 뭐든 곤란한 일이 있으면 이 아줌마한테 말하렴"이라고 말을 거는 아줌마들이 있었다. 실제로 곤란한 일이 있어도 그 아줌마들이 어느 동 몇 호에 사는지 모르니까 상담할 방법도 없다.

비슷한 시기, 나나미 언니가 집에 돌아오자마자 "엄청나게 큰 대가족 같아! 그게 싫다고! 우리 집 사정을 뭐든지 다 알고 있어!"라고 울면서 말한 적도 있다. 확실히 이 단지는 나나미 언니가 말하는 그런 면이 있다. 그래도 나나미 언니와 나는 최대한 그런 것으로부터 거리를 두고 우리 둘이서만 살아왔다고 여겼다. 그런데…….

솔직히 말해서 찍혔다는 기분이었다. 아르바이트가 없는 날에는 내가 방에서 뒹굴뒹굴한다는 걸 누군가에게 들었거나 (상상하기 싫지만) 실제로 봤을지도 모른다. 젠지로 할아버지의 배낭에는 오래되고 무거워 보이는 쌍안경도 들어 있으니까. 단지 경비를 마무리할 때면 젠지로 할아버지는 반드시 그 쌍안경을 써서 B1동 옥상에서 B2동 베란다를, B2동 옥상에서 B3동 베란다를, 마지막으로 B1동과 B2동 사이의 공터에서 B1동 베란다를 확인한다. 그거 훔쳐보는 거 아닌가…… 라는 생각도 들었지만, 젠지로 할아버지의 태도는 어디까지나 성실했다.

"빨래가 계속 널려 있는 집은 주의해야 한다. 전단지가 꽉 찬 우편함도!"

어느 날, 젠지로 할아버지가 쌍안경을 들여다보

며 말했다.

"주의라뇨……?"

"고독사나 자살이야."

고독사도 자살도 어려서부터 수없이 들었던 단어다. 그러니까 그 말을 들어도 내 마음은 전혀 술렁거리지 않는다. 어느 날 갑자기 자주 인사하던 할머니가 사라지는 건 흔한 일이었고, 자살도 이 단지에 살면 교통사고 수준으로 일상적인 일이었다. 내가 그때 속으로 생각한 것은…….

생각한 것은, 젠지로 할아버지와 단지 경비를 하다 보면 언젠가 진짜 시체를 볼 수 있을지도 모른다는 것이었다. 나는 아직 그 현장을 맞닥뜨린 적 없다. 내가 허둥지둥 뛰어가도 자살한 시체는 어느새 파란 비닐 시트에 덮여 있고, 얼마 전의 투신자살도 땅바닥에 들러붙은 딸기잼 같은 것을 봤을 뿐이지 직접 시체를 본 건 아니다. 아빠가 죽었을 때의 기억은 없다. 그러니까 보고 싶었다.

진짜 시체는 공장에서 골라내는 딸기처럼 상하고 썩었을까. 내가 단지 경비원이 된 것은 그런 이유가 있어서지만, 그걸 젠지로 할아버지에게 절대로 알리면 안 된다는 것도 잘 알고 있었다.

젠지로 할아버지가 경비하는 것은 B동의 1~3까지로, A동이나 C동에는 가지 않았다. 혹시 A동이나 C동에는 다른 단지 경비원이 있을까? 젠지로 할아버지는 문득 보면 단지 아래의 밭에 와 있고 한 시간쯤 '경비'를 한 다음에 마치 증발하는 것처럼 사라지니까 어디에 사는지 모른다. 어쩌면 단지 사람이 아닐 수도 있겠다고 생각했는데 "어디에 사세요?"라고 물을 용기가 없었고, 애초에 나와 젠지로 할아버지 사이에는 아직 그런 친밀감 같은 것이 없었다. 젠지로 할아버지가 베란다 아래에서 부르면, 나는 벽장에 숨긴 빨간 배낭을 메고 할아버지에게 받은 배지를 가슴에 단 후(받은 후에 달지 않았더니 젠지로 할아버지한테 흠씬 혼났다), 계단을 내려가 밭으로 간다. 그러고는 젠지로 할아버지 뒤를 쫓아가며 젠지로 할아버지가 시키는 일만 하는, 단지 그럴 뿐인 하루하루가 흘러갔다.

젠지로 할아버지가 찾아가는 집 대부분은 젠지로 할아버지보다 훨씬 더 나이가 많아 보이는 혼자 사는 할아버지나 할머니의 집이었다. 젠지로 할아버지는 문을 두드리고 안에 사는 사람이 나올 때까지 "살아 있나!" 하고 외친다. 집주인이 나올 때까지 우리는 참을성 있게 기다렸다. 아무튼, 할아버지나 할머니는 나올 때까지 시간이 걸렸다. 느릿느릿 문을 열고 나온 사람들에게 젠지로 할아버지는 포카리스웨트와 빵을 (반강제로) 건넨 후 "살아 있으라고!"라고 외친 다음 문을 닫는다. 다정한 말 같은 건 전혀 없었다.

포카리스웨트와 빵은 젠지로 할아버지가 사 오는 걸까. 젠지로 할아버지는 겉으로 보기에 그렇게 부자로 보이지 않는다. 오히려 그 반대다. 그래서 나는 빵 공장에서 점심용으로 나온 팔지 못하는 빵을 잔뜩 가지고 와서 배낭에 담았다. 젠지로 할아버지의 빵이 떨어지면 이걸 건네면 될 것이다.

나나미 언니는 당연히 내가 단지 경비원이 된 걸 모른다. 내가 단지 경비원으로 활동할 때는 나나미 언니의 숙면 타임이니까 내게는 마침 상황이 좋았다. 게다가 나나미 언니에게 젠지로 할아버지와 단지를 경비하는 걸 들키면 무슨 소리를 들을지 모른다. 틀림없이 화를 내며 그만두라고 하겠지. 그래도 이 사건을 다른 사람에게 꼭 말하고 싶어서 나는 학교에서 무쨩과 구라하시에게 말하기로 했다.

야간 학교 급식 시간에 "……단지 경비원을 하게 됐어"라고 말하자 무쨩이 곧바로 "그게 뭐야?" 하고 내게 날카로운 시선을 던졌다.

이럴 때 무쨩의 반응은 조금 무섭다.

"자치회 같은 거야?"

"……모르겠어. 밭에 있던 할아버지가 갑자기 나를 불러서 배지랑 배낭을 주더니 오늘부터 단지 경비원이래. 그래서 혼자 사는 할아버지나 할머니의 집을 찾아가. 포카리스웨트나 빵을 건네고……."

무쨩의 시선을 견디며 내가 더듬더듬 설명하는 동안, 무쨩의 미간에 가늘게 주름이 잡혔다.

"미카게, 뭐 이상한 일에 휘말린 거 아니야?"

음, 그래도 즐거운걸, 이렇게 말하려고 했으나 나는 그 말을 삼켰다.

"그 할아버지, 치매에 걸렸다거나?"

그렇게 물어보면 자신 없다. 그래도 젠지로 할아

버지는 방문할 집을 절대로 틀리지 않는다. 치매에 걸린 사람이 그럴 수는 없지 않을까…….

내가 입을 다물자, 구라하시가 도와주려는 것처럼 끼어들었다.

"그, 그래도, 왠지, 미, 미카게, 조, 조, 조금은 건강해진 것 같아."

그러면서 자기 팔을 내밀어 테이블 위에 내려놓은 내 팔뚝 옆에 나란히 놓았다. 구라하시의 팔에서 체온이 느껴져서 조금 부끄러웠다.

"게, 게다가, 이, 이거 봐, 팔이 조금 볕에 타지 않았어?"

볕에 탔는지는 모르겠는데, 나보다 구라하시의 팔이 훨씬 더 하얗다.

"미카게는 누가 부탁하면 싫다고 말 못 할 테니까 이상한 사람이다 싶으면 바로 도망쳐야 해. 게다가 그 단지."

나나미 언니 같은 소리를 하다가 무짱이 갑자기 입을 다물었다. 내가 사는 단지의 치안이 나쁜 건 이 근방 사람이라면 누구나 안다. 슬럼이라고 말하는 사람도 있는걸. '그 단지'라고 말하면 나와 나나미 언니가 사는 단지 얘기다.

"그, 그래도, 다, 단지는 옛날 사람들에게는 꿈만 같은 주거지였어." 구라하시가 말했다.

"옛날이라니 얼마나 옛날인데. 메이지 시대*?"

무짱이 급식인 돈가스덮밥을 허겁지겁 먹으며 말했다. 오늘 급식도 정말 맛있어 보인다. 달고 짭조름한 냄새에 배가 꼬르륵 울렸다. 나는 얼른 비닐봉지에 담긴 찌부러진 잼빵을 먹었다.

"그, 그, 그렇게까지 옛날은 아니야. 쇼, 쇼와 30년 정도니까, 1955년 정도."

"70년이나 옛날 일이잖아! 종전 바로 후! 너무 옛날이야!"

"그, 그때는 수세식 화장실이나 베, 베란다나, 다이닝 키친이나, 게다가 요, 욕실이 달린 주거지가 드물었어."

그러더니 구라하시는 옛날에 단지가 일본인에게

---

*   1868년 1월 3일~1912년 7월 30일.

얼마나 혁명적이었는지 최선을 다해 설명했는데, 아무리 설명을 들어도 나는 지금의 단지만 아니까 우리 집을 꿈의 주거지라고 생각할 수 없었다. 무짱도 구라하시의 이야기가 지겨워졌는지 손거스러미를 뜯기 시작했다. 나도 점점 어려운 말이 섞이기 시작한 구라하시의 이야기를 들으려니 잠이 쏟아졌는데, 단지를 이런 식으로 말해주는 구라하시는 다정한 사람이라고 생각했다.

"요, 요즘은 이, 일부러 오, 오, 오래된 단지를 리노베이션해서 사는 사람도 있대."

"리노베이션? 그게 뭐야?"

"Renovation은 혀, 혁신이나 수, 수복이라는 의미인데. 배치를 바꾸거나, 벼, 벽을 보수하거나…… 그렇게 해서 지, 집의 가치를 새롭게 높이는 거야."

구라하시의 Renovation이라는 영어 발음이 굉장히 멋있었다.

"그래도 그 단지는 전부 부숴서 새로 고급 맨션이나 아파트를 짓는 게 낫지 않아?"

"그건 곤란해!" 나도 모르게 외쳤다.

"언니랑 내가 살 집이 사라지잖아……. 아, 그래도 언니랑 나는 언젠가 그 단지를 떠날 거야. 언니가 예전에 그렇게 말했으니까……."

"그런 소리를 하다가 순식간에 50년이 지나고."

"그러지 마. 반드시 단지에서 나갈 거야."

무짱에게 반박하며 나는 머릿속에서 젠지로 할아버지와 방문하는 할아버지나 할머니의 모습을 떠올렸다. 50년 전이라면, 아니 70년 전이라면 지금 나와 비슷한 나이였을 것이다. 이렇게 생각하는 건 처음이었다. 할아버지나 할머니도 태어났을 때부터 할아버지나 할머니가 아니다. 나랑 비슷한 나이를 지나, 결혼해서 구라하시가 말한 꿈의 거주지였던 그 단지에 이사를 왔을까? 그 후로 계속 그 단지에 살고 있다거나? 머릿속에서 할아버지와 할머니가 점점 젊어지고 단지나 주변 경치가 점점 새로워지더니 그것이 빙글빙글 빨리 감기로 흘러가는 것 같아서 나는 눈을 질끈 감았다.

"미카게?" 무짱의 목소리에 눈을 뜨자, 무짱과 구라하시가 걱정스럽게 나를 들여다보고 있었다. 무짱이 물었다.

"숨 쉬기 힘들어?"

"아아, 그런 거 아니야. 괜찮아."

나는 두 사람을 안심시키려고 우유 팩을 힘껏 빨았다.

"아무튼 그 할아버지, 조금이라도 위험할 것 같거나 큰일이 날 것 같으면 냉큼 도망쳐야 해."

"응, 알았어." 무짱은 때때로 나나미 언니 같다고 생각하며 나는 다 먹은 우유 팩을 손으로 꽉 찌부러뜨렸다.

학교에서 돌아와 '구라하시는 아는 게 많구나, 영어도 잘하는구나'라고 생각하며 B3동 계단을 올라가는데, 우리 집 문 앞에 주저앉은 사람이 있었다. 나는 주머니에 손을 집어넣어 커터 칼을 움켜쥐었다. 내 발소리를 들었는지 그 사람이 고개를 들었다. 그 남자다. 나나미 언니에게 편지를 전해달라고 말한 사람.

"저, 저기……"

불길한 예감이 들었다. 빨리 도망쳐야 한다고 생각하는데 발이 움직이지 않는다.

"나기사 씨한테 편지를 전해줬나요?"

"……네, 네에." 거짓말이다. 테이블 위에 놓았을 뿐이다.

"나기사 씨가 읽어주셨나요?"

나는 입을 다물었다. 나나미 언니는 읽지 않았다. 뜯지도 않고 구겨서 쓰레기통에 버렸으니까.

"저기, 이거, 나기사 씨한테 꼭 읽어달라고 전해주세요."

그러면서 또 지저분한 봉투를 내밀었다. 나는 그 봉투를 또 저번처럼 엄지와 검지로 집었다. 남자가 일어나 내 앞을 지나갈 때, 노숙자 같은 냄새가 났다. 매일 목욕을 하지 않는 걸까……. 그렇게 생각했을 때, 남자가 돌아보더니 내 얼굴을 봤다. 그런 다음 나를 향해 다가오더니 내 옆의 벽에 손을 턱 짚었다. 남자의 얼굴이 내 옆에 있다. 냄새가 지독해서 죽을 것 같았고, 어쩌면 살해당할지도 모른다고 생각했다. 어느 타이밍에 커터 칼을 꺼내면 좋을지 생각하느라 내 손이 머뭇거렸다.

"나기사와 만날 때까지 몇 번이고, 몇 번이고 올

거니까!"

얼굴에 침이 튀었다. 반사적으로 고개를 돌렸다. 조금 전과 전혀 달라진 남자의 말투가 무서웠다. 눈에 핏발이 섰다. 그 말만 남기고 남자는 느릿느릿 떠났다. 나는 맥없이 그 자리에 주저앉았다. 사실은 울고 싶었는데 너무너무 무서울 때는 눈물이 나오지 않나 보다. 손에 쥔 봉투의 겉에는 나기사 님이라고 적혀 있고, 뒤에는 저번에는 없었던 남자의 주소가 적혀 있었다. 어라, 싶었다. 이 단지에 사는 사람이다. B2동. 옆 동이잖아. 두근두근, 고동이 빨라졌다. 저 사람은 몇 번이고 오겠다고 했다. 나나미 언니에게 무슨 일이 생기면 안 된다. 그것만은 절대로 안 된다. 경찰에 신고해야 하나? 하지만 경찰이 아무런 도움이 되지 않는다는 걸 지금까지 살면서 수없이 겪어서 안다. 꽤 오래전에도 나나미 언니를 집요하게 쫓아다닌 남자가 있었는데, 경찰에 신고하자 "뭔가 일이 생기면 오시죠"라고 말할 뿐이었다. 뭔가 일이 생긴 뒤면 늦는데. 그때 문득 "자치회 같은 거야?"라고 했던 무쨩의 말이 머릿속을 스쳤다. 그렇지. 그 남자가 B2동에 산다면 젠지로 할아버지는 그 남자를 알지도 모른다. 내일은 화요일이다. 젠지로 할아버지와 만날 수 있다. 만나면 바로 의논해야지. 나는 여전히 잘게 떨며 집으로 들어가 문을 잠갔다. 불을 켜지 않고 손과 얼굴을 씻고 이를 닦았다. 얄팍한 요 아래에 남자의 편지를 감추고 홑이불을 뒤집어썼다. 눈을 감자 아까 봤던 남자의 핏발 선 눈이 떠올랐다. 또 심장이 두근두근 뛰었다. 빨리 내일이 와라, 빨리 내일이 와라, 그렇게 생각하며 나는 잠들었다.

다음 날, 나는 가슴에 배지를 달고 빨간 배낭을 메고 늘 가는 곳으로 서둘러 갔다. 젠지로 할아버지와 만나자마자 나는 그 편지를 보여주었다.

"언니를 쫓아다니는 사람이 있어서…… 굉장히 곤란한 상황이에요."

곤란한 상황이에요, 같은 말을 하는 건 태어나서 처음이었다. 젠지로 할아버지는 한동안 말없이 나를 바라보았는데, 알겠다는 듯이 고개를 끄덕이고 봉투 뒤의 주소를 확인한 후 입구를 쫙쫙 찢었다. 편지 한 장이 흙 위에 떨어졌다. 젠지로 할아버지가 그걸 주워 햇빛에 비춰보는 것처럼 들었다.

하얀 편지 한 장에는 여백이 전혀 없고, 마치 빨갛고 작은 벌레가 기어다니는 것처럼 '좋아합니다 좋아합니다 좋아합니다 좋아합니다 좋아합니다'라고 빽빽하게 적혀 있었다.

젠지로 할아버지는 러브레터인지 저주 편지인지 알 수 없는 그 편지를 잘 접어 바지 뒷주머니에 쑤셔 넣었다. 그리고 내게 등을 보이고 성큼성큼 걸어갔다. 나도 허둥지둥 젠지로 할아버지 뒤를 쫓아갔다. 우리 둘의 등에서 각각 다른 크기의 배낭이 걸을 때마다 흔들렸다.

봉투에 분명 B2-203이라고 적혀 있었다. 나와 젠지로 할아버지는 같이 그 집을 찾아갔다. 왠지 낮에 가면 그 남자와 만나지 못할 것 같았는데, 젠지로 할아버지의 걸음은 거침없었다. 어쩌지, 그 남자가 젠지로 할아버지와 나한테 무슨 짓이라도 하면……. 젠지로 할아버지에게 의논한 게 잘한 일일까, 인제 와서 내 머릿속에 불안이 무럭무럭 부풀어 올랐으나, 불안과는 반대로 나와 젠지로 할아버지는 순식간에 B2동

203호 앞에 도착하고 말았다. 우리 집과 마찬가지로 녹이 슬었고, 도장이 벗겨진 철문이다. 젠지로 할아버지가 문 앞에서 내 얼굴을 봤다. 이대로 내버려두면 나나미 언니에게 뭔가 나쁜 일이 생길지도 모른다. 나는 결심한 후 젠지로 할아버지를 보고 고개를 끄덕였다.

젠지로 할아버지가 현관 초인종을 눌렀다. 누가 나오는 기척이 없다. 어쩌면 초인종이 망가졌을 수도 있다고 생각했는데, 집 안에서 초인종 소리가 울리는 걸 밖에서도 알 수 있었다. 젠지로 할아버지는 집요하게 초인종을 눌렀고, 심지어 단단한 주먹으로 문을 쾅쾅 두드렸다. 그때마다 내 고동은 빨라졌다. 바지 주머니에 손을 넣었다. 학교에 갈 때 반드시 들고 다니는 커터 칼은 그날 그 자리에는 없었다. 만약 그 남자가 젠지로 할아버지에게 폭력을 쓰려고 하면 내가 커터 칼로…… 하고 불온한 생각을 하는데, 집 안에서 커다란 동물이 다리를 끄는 듯한 소리가 들렸다. 쿵, 문에 몸이 부딪치는 소리가 났다. 어쩌면 문의 도어 스코프로 우리를 확인하는지도 모른다…….

또 잠깐 사이를 두고 문이 아주 조금 열렸다. 처음에 보인 것은 눈이었다. 그 눈에 살짝 핏발이 선 게 보여서 나는 아, 역시 이 남자라고 새삼스레 생각했다. 문밖에 있는데도 남자의 땀내 나는 짐승 같은 냄새가 코를 찔렀다. 그래도 남자가 힘껏 문손잡이를 잡고 있어서 문이 더는 열리지 않았다. 젠지로 할아버지가 문손잡이를 단단히 쥐고 남자에게 구겨진 편지를 내밀었다. 이런 장면, 예전에 텔레비전 드라마에서 본 적 있다. 경찰이 영장을 내미는 것 같다. 남자가 편지를 보더니 문을 닫으려 했다. 그러나 젠지로 할아버지도 지지 않았다. 자그마한 할아버지의 몸 어디에 이런 힘이 있나 싶을 정도로 문손잡이를 있는 힘껏 쥐고 문을 열려고 했다. 덜컹, 덜컹, 시끄러운 소리를 내며 남자와 젠지로 할아버지 사이에서 녹슨 문이 열렸다가 닫혔다가 했다. 남자 쪽이 조금 지치기 시작하자, 젠지로 할아버지가 그 틈을 노려 문을 활짝 열었다. 문 옆에 남자가 몸을 웅크렸다. 몸은 큰데 자그마한 어린애 같았다. 남자는 어제 내가 봤을 때와 같은 티셔츠를 입었고 머리카락은 기름을 뒤집어쓴 것처럼 들러붙어 있었다. 남자 너머로 집 안이 보였다. 하얀 편의점 봉지가 몇 개나 굴러다녔고, 넝마 같은 옷 더미의 산, 뜯어놓은 택배 상자가 몇 개나 보였다. 시큼한 쓰레기 냄새가 내게도 풍겼다. 솔직히 말해서 남자와 똑같은 지독한 냄새였다.

쪼그린 남자에게 젠지로 할아버지가 편지를 보여주었다.

"그만둬라, 이런 짓은."

남자가 고개를 돌렸다. 젠지로 할아버지는 내 팔을 붙잡아 나를 남자 앞에 세웠다.

"얘를 따라다니는 것도 그만둬. 무서워하잖아."

"무, 무서워하긴 무슨. 이, 이런 애, 언니가 데리헤루를 하는데."

"이 머저리가!"

젠지로 할아버지의 목소리가 큰 천둥이 친 것처럼 그 자리를 울렸다. 그러나 그 소리에 놀라기 전에 내 귀에 데리, 헤루라는 단어가 남았다. 데리헤루가 도대체 뭐지? 나나미 언니가 하는 일? 데리헤루. 그 말이 내 가슴에 따끔따끔 꽂혔다. 작지만 아주 깊은 곳에 가시가 박힌 것 같았다.

 젠지로 할아버지가 힘으로 남자를 일으켜 세웠다. 남자는 젠지로 할아버지보다 키가 훨씬 크다. 젠지로 할아버지의 몸은 남자 앞에서 어린애처럼 보였다. 젠지로 할아버지는 남자가 입은 셔츠의 가슴 부분을 움켜쥐고 남자의 빰을 한 대 때렸다. 퍽, 마치 화약이 폭발하는 것 같은 소리가 났다. 솔직히 말해서 앞에 선 남자보다 젠지로 할아버지가 더 무서웠다. 젠지로 할아버지가 사람을 때리는 데 익숙한 것 같았기 때문이다. 남자는 저항하지 않았다. 야단맞은 어린애처럼 몸을 웅크렸다.

 "앞으로 절대로 이 애를 쫓아다니지 마! 집에도 가지 마라! 알겠냐?"

 마치 지옥의 군주 같은 목소리였다. 옆에 있던 내 몸도 떨렸다.

 "처음으로, 처음으로 좋아하게 된 건데에에에에에에에!" 남자가 비명을 지르더니 집에서 뛰쳐나갔다. 맨발로 계단을 올라가기 시작했다. 남자의 발바닥은 밖을 돌아다닌 것처럼 새까맸다.

"어이, 기다려!" 젠지로 할아버지가 외쳤으나 남자에게는 그런 말이 전혀 들리지 않는 것 같았다. 젠지로 할아버지가 남자를 쫓아 계단을 올라갔다. 나도 그 뒤를 쫓아갔다. 두 사람의 달리기 속도가 빨라 내 숨이 가빠졌다.

B2동 옥상 입구는 저번에 젠지로 할아버지가 고쳤을 텐데, 남자가 힘으로 열어젖혔다. 철컹, 둔탁한 소리가 나고 남자의 분주한 발소리가 이어졌다.

"멈춰!" 젠지로 할아버지의 큰 소리가 옥상을 울렸다. 내가 헉헉 숨을 내쉬며 옥상에 도착했을 때, 남자가 펜스에 발을 걸친 모습이 보였다.

"뛰어내릴 거야!"

그렇게 외치며 남자가 나와 젠지로 할아버지를 봤다. 아, 하고 나는 생각했다. 기회다. 저 남자가 뛰어내려서 죽으면 시체를 볼 수 있다. 저 남자가 죽으면 이제 우리 집 앞에서 밤에 기다리는 일도, 나나미 언니가 이상한 편지를 받는 일도 없다. 죽어서 없어진다니, 어쩜 이렇게 마음이 편해지는 일일까. 그렇게 생각하자 내 마음이 풍선처럼 하늘로 떠오르는 것 같았다. 입술 끝이 자연히 위로 올라갔다. 그러나 그런 얼굴을 젠지로 할아버지가 보면 왠지 혼날 것 같아서 나는 필사적으로 무표정한 척 꾸몄다.

"뛰어내릴 거야!"

남자는 펜스 위에 걸터앉았다. 세찬 바람이라도 휙 불면 남자의 몸이 저 너머로 떨어질 것 같았다. 빨리, 빨리 시체가 되어줘. 지금 당장.

"뛰어내릴 거야!"라고 외치지만, 남자는 저 너머로 가려는 낌새가 없었다. 젠지로 할아버지도 그저 묵묵히 남자를 바라보았다. 어라, 자살을 막는 게 아니네? 내가 이런 생각을 할 겨를도 없이 젠지로 할아버지가 남자에게 등을 보이고 옥상에 앉았다. 배낭을 내려 지퍼를 열고 안에서 빵을 꺼내 베어 물고 포카리 스웨트를 꿀꺽 마셨다. 꼭 남자를 무시하는 것 같다. 그러는 동안에도 남자는 "뛰어내릴 거야! 진짜라고!"라고 외쳤지만, 젠지로 할아버지는 그 소리가 들리지 않는 것처럼 빵을 입에 넣었다. 나는 어떻게 하면 좋을지 몰라 남자와 젠지로 할아버지를 번갈아 봤다.

"미카게도 먹어라"라며 젠지로 할아버지가 내게

빵을 건넸다. 남자의 시체를 보고 싶지만 이대로도 괜찮을까……. 만약 남자가 정말로 뛰어내리면 그걸 지켜보고 있던 나와 젠지로 할아버지도 뭔가 귀찮은 일에 휘말리지 않을까.

"저 애는 벌써 세 번째야. 안 죽어."

젠지로 할아버지가 서 있는 내게 내일 날이 화창할 거라는 말을 건네는 듯한 말투로 말했다. 그러지 말라고 떠들썩하게 굴어야 오히려 사람이 쉽게 뛰어내리게 되나 보다. 그래도 이왕이면 쉽게 뛰어내렸으면 좋겠다고도 생각했다. 내 가슴 안에서 희미하게 바람 소리가 들렸다. 이게 큰 폭풍이 되면 위험하다고 생각하며, 나는 머뭇거리면서도 그 자리에 앉아 젠지로 할아버지가 준 빵을 받았다.

나는 내 배낭을 열어 어제 공장에서 받아 와 먹고 남은 빵이 든 비닐봉지를 젠지로 할아버지에게 건넸다.

"저, 저기, 이거, 괜찮다면 써주세요."

젠지로 할아버지가 단지의 할아버지와 할머니에게 주는 빵을 대체할 수 있으면 좋겠다고 생각해서 가지고 왔다. 비닐봉지에 꾹꾹 담아 와서 빵인지 뭔지 알 수 없는 하나의 덩어리를 이루었다.

젠지로 할아버지는 그걸 보고 희미하게 웃었다. 웃었지만 아까 젠지로 할아버지가 남자의 뺨을 때린 모습과 지옥 군주 같았던 목소리가 생각나 조금 무서웠다. 젠지로 할아버지를 그냥 평범한 할아버지라고 생각했는데 사실은 아닐지도 모른다.

어제 무짱이 "큰일이 날 것 같으면 냉큼 도망쳐야 해"라고 한 말이 귀를 스쳤다.

젠지로 할아버지는 내게서 비닐봉지를 받더니 그 빵인지 뭔지 알 수 없는 덩어리의 끄트머리를 찢어 입에 넣었다.

"이건 미카게 네 거야. 네가 먹으렴."

그러면서 젠지로 할아버지는 내게 비닐봉지를 돌려주었다. 나도 그 덩어리를 찢어 입에 넣었다. 달콤했지만 이미 완전히 딱딱해져 있었다. 죽었다고 생각했다. 빵이 죽었다. 그래도 그건 제대로 된 빵이기 때문이라고 무짱이 말해줬다. 딱딱한 빵을 씹으며 나는 저 남자도 빨리 좀 죽어주지 않으려나, 언제까지 저기에 있을 거지, 하고 생각했다.

"○○○○○○○!"

이제 남자의 외침은 제대로 말을 이루지 못했다. 남자를 봤는데, 땀을 뻘뻘 흘려 지저분한 셔츠가 몸에 달라붙었다. 덜덜 떠는 것처럼 보이기도 했다. 그래도 남자는 뛰어내리지 않는다. 빨리 집에 가지 않으면 나나미 언니가 일어날 텐데, 하고 생각하며 나는 옥상 하늘을 봤다. 가을에는 하늘이 높아진다고 어디서 들은 것 같은데, 하늘이 높아진다는 건 하늘이 멀어진다는 뜻이구나 싶었다. 바람은 벌써 아주 시원해졌다. 하늘에 짓눌려 뭉개질 것 같던 한여름의 어질어질한 더위가 왠지 벌써 그리움의 대상 같았다. 그런 생각을 하며 아까 남자가 말한 '데리헤루'라는 말이 또 내 심장을 꿰뚫었는데, 그래도 그런 걸 나나미 언니에게 물어볼 수는 없다. 묻는다면 역시 무짱이나 구라하시겠지…….

젠지로 할아버지가 일어나 "○○○○○○○!"라고 알아듣지 못할 소리를 계속 외치는 남자가 걸터앉은 펜스 아래에 빵과 포카리스웨트를 놓았다. 마치 공물을 내려놓는 것 같았다. 남자가 빵을 빤히 바라보았다. 나와 젠지로 할아버지는 그날 단지 경비 일을 하지 않았다. 펜스에 걸터앉은 남자 옆에 있기만 했다. 단지 경비대가 되면 이런 날도 있구나, 나는 멍하니 생각하며 그냥 남자를 빤히 바라보았다. 나나미 언니를 좋아한다는 저 사람을. 아마 나이는 나보다, 아니 나나미 언니보다도 훨씬 위일 것이다. 뭘 하면서 먹고 사는 사람일지 궁금했는데 이 단지에는 뭘 하며 사는지 의문인 사람이 많으니까 딱히 놀랄 일은 아니다. 처음으로 좋아하게 된 사람이 나나미 언니라고 했다. 그래도 그 마음은 이루어지지 않을 거라고 생각하자, 아주 조금은 남자가 불쌍하기도 했다. 나나미 언니는 그 누구에게도 호감이 생기지 않는다고 말했고, 실제로 나나미 언니에게 남자 친구가 있던 적은 없다(내가 아는 한은).

 해가 점점 기울었다. 이제 곧 저녁이다. 집에 돌아가야 한다고 생각했을 때, 남자가 펜스에서 다리를 내렸다. 반대쪽이 아니라 이쪽으로. 퉁, 하는 소리를 내며 남자의 다리가 옥상 바닥으로 내려왔다. 남자는 발밑에 놓인 빵과 포카리스웨트를 바라봤다.

"먹어라." 젠지로 할아버지의 목소리가 신호라도 된 듯이 남자가 빵 봉지를 뜯어 덥석 먹기 시작했다. 남자는 입안 가득 빵을 물고 포카리스웨트로 그걸 넘겼다. 젠지로 할아버지는 배낭 안에서 빵을 하나 더 꺼내 남자에게 내밀었다. 남자가 받기 전에 젠지로 할아버지가 남자의 귀에 대고 뭐라고 말했다. 내게는 무슨 말을 했는지 들리지 않았다. 그래도 젠지로 할아버지의 말에 남자가 굉장히 겁을 먹은 건 알겠다. 뭔가 무서운 말을 했을지도 모른다.

"미카케, 그만 집에 가라." 젠지로 할아버지가 말했다.

"앞으로 무서운 일은 없을 테니까 걱정하지 말고"라고도.

나는 고개를 끄덕이고 그 자리를 떠났다. 쌕쌕 가슴 안에서 소리가 났다. 큰일 났다고 생각했다. 동시에 또 시체를 보지 못했다는 생각도 하며 계단을 내려가 B2동에서 나왔다.

집으로 돌아오자 나나미 언니는 아직 깊이 잠

들어 있었다. 휴, 나는 한숨을 한 번 쉰 후 소리 내지 않고 배낭을 벽장 안에 넣었다. 잠든 나나미 언니를 봤다. 여전히 아름다운 나나미 언니가 거기 있었다. 호흡할 때마다 나나미 언니의 몸이 오르락내리락했다. 나나미 언니는 살아 있다.

나는 저녁을 준비하며 벌써 몇 년이나 쓴 스마트폰을 꺼내 검색창에 '데리헤루'라고 쳤다. 제일 처음에 이런 설명이 나왔다.

'딜리버리 헬스의 줄임말. 점포 없이 손님이 있는 자택이나 호텔 등에 매춘 여성을 파견해서 이루어지는 성적 서비스.'

나는 그 말을 세 번 읽었다. 그 남자가 한 말이 사실이라면, 나나미 언니는 '매춘 여성'이고 '성적 서비스'를 한다는 소리다. 양쪽 다 들어본 적 있는 말인데, 나는 구체적으로 무엇을 하는 일인지 모른다. 역시 구글보다는 오늘 무짱이나 구라하시에게 물어봐야겠다고 생각하며 감자와 당근 껍질을 벗겨 작은 냄비에 넣었다. 나나미 언니가 단순히 가게에서 남자와 술을 마신다고만 생각했다. 그런데 아니었나? 그 남자의 말이 진짜라면, 나나미 언니는 그 남자의 집에 가서, 그 냄새 나는 남자와……. 그 쓰레기 저택 같은 남자의 집이 생각나 조금 토하고 싶었다.

폐 안쪽 깊은 곳이 움찔움찔 움찔움찔한다. 숨쉬기 괴롭다고 생각하며 나는 환풍기를 돌렸다. 우우웅 소리를 내며 환풍기가 으르렁거리는 것처럼 돌아간다. 보고 있었더니 눈이 핑핑 돌았다. 숨이 괴롭다. 무심코 목에 손을 댔다. 산소가 들어오지 않는다. 쌔액, 쌔액, 가슴 안에서 발작이 올 때의 소리가 났다. 부엌 바닥에 주저앉았다. 팔을 뻗어 가스불을 껐다. 약을 먹어야 한다고 생각했는데, 그 약은 옆방에 있다. 거기까지 걸어갈 수 있을지도 모르겠다. 나는 끈적끈적한 부엌 바닥에 새우처럼 몸을 구부리고, 연못 잉어처럼 입을 뻐끔거리며 아주 조금 폐에 들어오는 공기를 계속 들이마셨다.

눈이 따끔따끔했다. 세상에는 색이 있을 텐데, 이상하게 주변이 새까만 세계로 보였다. 어라, 이대로 숨을 쉬지 못하면 나는 죽는 거 아닌가? 그랬더니 오늘 옥상에서 본, 펜스에 걸터앉은 남자의 모습이 떠올랐다. 빨리 시체가 되라고 바랐는데, 이대로는 내가 시체가 될 거야……. 갑자기 아직 시체가 되고 싶지 않다는 생각이 들었다. 하고 싶은 일 따위 없지만, 죽으면 무짱과도 구라하시와도 만나지 못한다. 공부는 싫지만 아직 학교에 다니고 싶었다. 젠지로 할아버지도 생각했다. 내가 죽으면 젠지로 할아버지는 혼자서 단지 경비원을 할까. 아니면 다른 사람을 찾을까. 머리가 멍해졌다.

"미카게! 미카게!"

나나미 언니가 내 상태를 알아차린 것 같다. 눈도 뜨지 못하겠고 몸도 움직이지 않는다. 아아, 약을 먹지 않은 걸 들키겠네. 내 기억은 거기에서 끊겼다.

희미하게 눈을 뜨자 어둠 속에 익숙한 천장이 보였다. 나뭇결무늬가 프린트된 싸구려 천장, 상야등 불빛만 작은 콩처럼 덩그러니 빛난다. 밤인 건 알겠는데 지금이 몇 시인지는 모르겠다. 그래도 평소 밤늦게까지 들리는 다른 집 텔레비전 소리가 들리지 않으니까 아마 한밤중이겠거니 싶었다.

나나미 언니가 응급 외래에 가자고 했지만 나는 약을 먹으면 괜찮다고 설득한 후 이부자리에 누웠다. 원래대로라면 매일 먹어야 했을 약을 먹자, 가슴 안쪽의 쌕쌕 소리가 금방 들리지 않게 되었으니까 아마 괜찮을 것이다. 야간 학교는 쉬었다. 나나미 언니도 일을 쉬겠다고 했지만 괜찮다고, 괜찮다고 몇 번을 말해 나나미 언니를 출근하게 했다. 그러나 그 남자의 말이 사실이라면 나나미 언니의 일은 데리헤루일 것이고, 사실은 그런 일은 가지 않는 게 옳을지도 모르지만 숨 쉬기가 괴로웠고 나나미 언니에게 그런 소리를 할 수는 없었다. 언젠가 제대로 물어봐야 한다고 생각했을 뿐인데 또 가슴이 조금 괴로워졌다. 나는 일어나 창문을 조금 열었다.

　천식 발작이 일어나고 나나미 언니도 없이 혼자 자고 있을 때면, 매번 아빠와 엄마가 생각난다. 아빠는 내가 세 살 때 죽었으니까 나는 아주 조금밖에 기억하지 못한다. 어려서부터 아빠는 병원 침대에 누워 있는 사람이었고, 엄마나 나나미 언니랑 같이 문병하러 갈 때마다 점점 더 마르고 안색이 나빠지는 모습을 보는 게 무서웠다. 그래도 여전히 기억하고 있는 아빠 병실의 약 냄새나 장례식 때 맡았던 선향 냄새가 우연한 계기로 되살아나곤 한다. 나나미 언니가 아빠 몸이 누운 관에 매달려 우는 모습을 나는 엄마와 손을 잡고 그저 물끄러미 지켜봤던 기억도 있다. 그러나 죽은 아빠의 유체를 본 기억은 없다. 엄마가 보여주지 않았을 수도 있다. 아빠의 몸도 무쌍과 구라하시가 말한 것처럼 썩지 않게 드라이아이스로 얼렸을까. 제대로 봐둘 걸 그랬다.

아빠는 순식간에 우리 가족에서 사라졌으니까 나는 아빠가 어떤 사람이었는지 잘은 모른다. 그래도 나나미 언니는 죽은 아빠를 절대로 나쁘게 말하지 않으니까 분명 좋은 사람이겠지. 아마 엄마보다는.

우리 엄마는 별로 엄마답지 않은 사람이었다. 간신히 밥은 만들어줬는데, 세탁해서 청결한 옷을 준비하거나 방을 청소하는 것 같은 일에는 전혀 흥미가 없었다. 그렇지만 엄마는 나와 나나미 언니를 먹여 살리기 위해 여러 가지 일을 했으니까 그건 어쩔 수 없을지도 모른다. 청소나 세탁은 나나미 언니가 했다. 나도 나나미 언니를 도왔다. 별로 도움은 안 됐겠지만.

엄마의 '친구'라는 남자가 단지에 오기 시작한 것은 내가 아홉 살쯤 됐을 때였다. 그런 일은 아빠가 죽은 후로 처음이었다. 엄마가 일하는 곳에서 트럭 운전사로 일하는 남자였다. 그 아저씨가 집에 와서 밥을 먹고, 때로는 엄마 옆에 요를 깔고 자기 시작했다. 그 아저씨는 내게 친절했고, 엄마가 사주지 않는 귀여운 문구 용품을 사주기도 했으니까 나는 그 아저씨가 별로 싫지 않았다. 나나미 언니는 아저씨가 올 때마다 바짝 긴장하고 가까이 가지 않았다. 아저씨가 무슨 말을 걸어도 침묵했고, 아저씨가 집에 있을 때는 단지 내의 공원에서 시간을 보내다 잘 시간이 다 되어서야 집에 돌아와 엄마에게 자주 혼났다. 마치 경비견처럼 적의를 드러내니까 아저씨는 나나미 언니가 없을 때 "귀여운 면이라곤 전혀 없는 애네"라고 툭하면 말했다. 나도 그럴 때만은 아저씨가 싫어졌다.

일요일에 아저씨와 엄마와 셋이서 유원지에 간 적도 있다. 나나미 언니는 눈을 세모나게 뜨고 "절대로 안 가"라며 방구석에 무릎을 끌어안고 앉아 있었다. 나나미 언니가 가지 않는다면 나도 그만두려고 했는데, 유원지에 가고 싶은 마음이 이겼다. 어쩔 수 없이 신난 나를 나나미 언니가 촉촉하게 젖은 눈으로 노려본 걸 기억한다. 유원지에 간 건 거의 태어나서 처음일 정도여서 나는 완전히 흥분했었다. "저거 타고 싶어"라고 말한 놀이기구를 전부 태워주는 아저씨가 정말 좋은 사람이라고 생각했다. 회전목마도 탔다. 컬러풀하고 반질반질 멋진 말이 위아래로 움직이는 놀이기구! 빙글빙글 돌 때마다 엄마와 아저씨가 나타났다가 사라졌다. 엄마는 내가 보이자 "미카게!" 하고 내 이름을 불러주었다. 엄마가 그렇게 달콤한 목소리로 내 이름을 부른 적은 없었다. 나도 어색하게 손을 흔들었다. 그러나 한 바퀴를 돌아 다시 엄마의 모습을 봤을 때, 엄마는 이미 날 보고 있지 않았다. 아저씨가 엄마 어깨에 팔을 두르고 뭐라고 속삭였다. 엄마는 간지러운 표정을 지으며 웃었다. 그건 내가 처음 보는 엄마 얼굴이었다.

유원지에서 너무 들떴던 나는 돌아오는 차 안에서 정신없이 잠들었다. 이유는 모르겠지만 자면 안 된다고 생각해서 앞차의 빨간 꼬리등을 열심히 바라봤는데, 피로를 이기지 못했다. 정신을 차렸더니 차는 멈췄고, 앞 좌석에 있어야 할 아저씨와 엄마가 없었다. 주변을 둘러보자 쇼핑센터 비슷한 곳의 주차장 같았다. 아저씨와 엄마는 잠든 나를 깨우지 않고 쇼핑하러 간 것이었다. 나는 그런 줄로 알았다. 하지만 히터를 끈 차 안은 점점 추워졌다. 나는 입고 있던 점퍼의 지퍼를 제일 위까지 올리고 두 팔로 몸을 문질렀다. 옆에 세워진 차 쪽으로 젊은 남자와 여자가 오더니 나를 가리키며 뭔가 말했다. 말은 들리지 않았는데, 두 사람이 나를 비웃는 듯한 표정을 지었던 건 기억한다. 나는 잠든 척했다.

아저씨와 엄마가 차로 돌아온 것은 그로부터 30분쯤 지난 뒤로, 엄마가 뒷좌석의 나를 보고 "아직도 자네?" 하고 웃으며 말했다. 아저씨와 엄마에게서 집에서는 맡아본 적 없는 비누 냄새가 났고, 엄마의 긴 머리카락 끝이 어째서인지 젖어 있었다. 그때는 잘 몰랐는데, 나이를 먹은 지금은 그때 아저씨와 엄마가 나를 차에 남기고 어떤 곳에 갔었는지 대충은 안다.

아홉 살인 나도 아저씨와 엄마가 단순한 '친구'가 아니라는 걸 조금씩 알아차렸다. 그 후로 아무리 가자고 해도 아저씨와 엄마와 셋이서 외출하는 일은 없었다. 나나미 언니가 나를 노려본 이유를 조금 알 것도 같았다.

어느 정도 지나자 엄마가 종종 집을 비우기 시작했다. 나와 나나미 언니가 있으니 밤에는 일을 하지 않겠다고 했으니까 일 때문은 아니다. 엄마는 한밤중에 술 냄새를 폴폴 풍기며 돌아왔다. 아침에도 돌아오지 않을 때도 있었다. 엄마의 그런 변화가 무서웠다. 어린 나도 아저씨와 엄마가 둘이 같이 있을 거라는 것을 알았다. 어느 날, 학교를 마치고 단지에 돌아왔는데, 작은 테이블 위에 천 엔 지폐가 한 장 놓여 있었다. 평소라면 반드시 사다 놓는 간식이나 컵라면도 없어서 나는 어쩔 줄 몰랐다. 중학생이었던 나나미 언니가 동아리 활동을 마치고 돌아올 때까지 나는 부엌에서 무릎을 안고 기다렸다. 마침내 집에 온 나나미 언니에게 천 엔 지폐를 주자, 나나미 언니는 "쳇" 하고 혀를 찼다. 나나미 언니와 둘이 단지의 정육점에 가서 하나에 50엔인 크로켓을 네 개 샀다. 나나미 언니가 밥을 지었는데, 된장국은 만들 줄 모르니까 그날 저녁은 크로켓을 반찬으로 밥을 먹었다. 버석버석한 크로켓은 따뜻하고 맛있었는데, 나나미 언니는 울면서 먹었다. "나나미 언니, 배가 아파?" 하고 물어도 고개를 젓기만 했다. 눈치 빠른 나나미 언니는 앞으로 우리가 어떤 일을 겪을지 그때 이미 알았을 것이다.

엄마가 집을 나간 것은 그로부터 일주일쯤 지난 어느 날이었다. 내가 학교에서 돌아오자, 아저씨가 몇 개나 되는 상자를 나르고 있었다. 혹시 나와 나나미 언니도 아저씨 집으로 이사하는 건가 싶어 두근두근했는데, 엄마의 말이 내 가슴을 납작하게 짓밟았다.

"종종 살펴보러 올 거야! 집도 이 근처니까!"

익숙한 삼각 수건을 두른 엄마가 자기 짐을 척척 챙기며 그렇게 말했다. 나는 어안이 벙벙해서 아무 말도 못 했는데, 아저씨가 마지막 짐을 들고 나를 때 "엄마! 엄마! 어디 가는 거야?" 하고 용기를 짜내 물었다. 그러나 엄마는 이해할 수 없는 미소를 지을 뿐이었다. "엄마!" 몇 번이나 불렀으나 엄마는 돌아보지 않았다.

낡은 철문이 쾅 소리를 내며 닫혔다.

엄마의 옷장이 있던 부분만 다다미가 새하얗고 동글동글한 먼지가 몇 개나 굴러다녔다. 나는 그걸 하나하나 집어 창밖으로 날렸다. 그날 이후 지금껏 엄마와 만나지 못하리라고는, 그때는 생각도 못 했다. 드디어 나나미 언니가 돌아왔고, 집 상태를 알아차리고는 가방을 집어 던지며 "머저리, 그 머저리가!" 하고 외쳤다.

"그래도…… 엄마, 종종 살펴보러 온댔어."

"엄마가 너한테 새 주소를 알려주고 갔어?"

"……"

그러고 보니 그랬다. 엄마가 어디에 갔는지도, 아저씨 집이 어딘지도 나는 몰랐다. 나나미 언니가 테이블 위에 놓인 열쇠를 움켜쥐고는 구석에 내던졌다. 엄마가 그 열쇠를 두고 간 것도 나는 몰랐다.

"엄만 우릴 버린 거야."

그 말을 한 나나미 언니는 싱크대의 식기 건조대에 두고 간 엄마 젓가락을 집더니 두 조각으로 뚝 분질렀다. 나나미 언니의 마음도 젓가락과 함께 부러졌다고 생각했다. 버려져서 두 동강이 난 젓가락을 보는데, 나나미 언니가 말한 '버린 거야'라는 말이 내 안에서 희미하게 메아리쳤다.

그날부터 나와 나나미 언니, 단둘만의 생활이 시작되었다. 엄마는 몇 달에 한 번, 약간의 돈이 든 봉투를 보냈다. 물론 봉투에 엄마 주소는 적혀 있지 않았다. 나나미 언니와 내게는 고마운 돈이었지만 그것만으로는 생활할 수 없었다. 나나미 언니는 동아리를 그만두고 동네 식당에서 아르바이트를 시작했다. 나나미 언니가 중학교를 졸업할 무렵, 엄마에게서는 아예 연락이 뚝 끊겼다. 나나미 언니는 중학교를 졸업한 뒤, 고등학교에 가지 않고 아르바이트를 하며 나를 키워주었다. 혼자서라도 계속 공부한 나나미 언니는 고등학교 졸업 인정 시험도 단번에 합격했다.

우리를 걱정해준 사람도 있었다. 나나미 언니가 아르바이트하던 식당의 아줌마나 이웃집 아줌마다. 아줌마들에게는 반찬 약간이나 용돈 천 엔쯤을 받은 적도 몇 번이나 있다.

"엄마가 너흴 버렸다면서. 아이고, 불쌍해라." 그

러나 아줌마들이 자꾸만 이런 소리를 하니까 나나미 언니가 "앞으로 절대 남의 도움은 안 받을 거야!" 하고 분통을 터뜨렸고, 우리는 그런 참견을 거부하기 시작했다. 언젠가 무짱에게 엄마가 집 나간 이야기를 요약해서 했더니 "복지사는 안 왔어? 보통은 아동 복지 시설에서 보호한다거나, 그런 거 있지 않나?"라고 물었는데, 내 기억에 그런 사람이 집에 온 적은 없었다. 나나미 언니가 아줌마들에게 열받았던 것처럼 그런 사람들을 쫓아냈을 수도 있고, 엄마가 이 집에 계속 사는 것으로 되어 있었을지도 모른다. 우리는 아빠나 엄마의 친척과 만난 적이 없다. 어린 시절 읽었던 《키다리 아저씨》에 등장하는 키다리 아저씨도 우리에게는 없었다. 정말로 지금까지 나나미 언니와 나는 세상에 단둘뿐이었다. 우리는 그렇게 살아왔다.

추워서 창문을 닫았다.

천식 흡입약을 한 번 더 빨았다. 얼마 남지 않았으니까 이게 떨어지면 병원에 가야 한다. 또 돈이 든다고 생각하자 머릿속에 새까만 안개가 꼈다. 어려서부터 천식이 있었는데, 엄마는 이 집에 같이 살 적에 내 상태가 아무리 나빠져도 "괜찮아, 괜찮아" 하며 돌봐주지 않았다. 한밤중에 괴로워해도 깨지 않았다. 그럴 때는 지금처럼 혼자 일어나 창문을 열고 붕어처럼 숨을 쉬었다. 그런 날 알아준 건 언제나 나나미 언니였다. 어려서부터 "괜찮니?" 하고 내 몸 상태를 걱정해주었다. 그런 나나미 언니는 데리헤루라는 일을 하고 있을지도 모르고, 그건 나라는 존재가 있기 때문이고, 이렇게 갑자기 쌀쌀해진 밤에도 모르는 남자와 함께 시간을 보내며 무서운 일을 겪을지도 모른다고 생각하자 갑자기 눈물이 차올랐다. 내가 더 건강해져서 아르바이트를 더 많이 해 나나미 언니를 미용 학교에 보내야 한다. 나나미 언니에게 지금까지 받은 은혜를 갚아야 한다.

초등학생 때는 엄마랑 만나고 싶었는데, 나와 나나미 언니를 방치하고도 마음 아파하지 않는 사람이라고 생각하자 이제는 그런 마음은 거의 들지 않는다. 그래도 문득 생각한다. 엄마란 존재는 자기가 낳은 자식을 그렇게 쉽게 버리는 법일까. 내가 앞으로 엄마가 되면 나도 그런 짓을 저지를까. 그런 생각을 시작하면 마음이 이리저리 마구 흔들린다. 그래서 다른 생각을 했다.

　내일은 아르바이트를 하러 갈 수 있을까, 학교에도 갈 수 있을까. 갈 수 있으면 좋겠다. 또 내일모레는 젠지로 할아버지와 단지 경비도 해야 한다. 여러 집을 찾아가야지. 그러다가 문득 생각했다. 만약, 만약에 엄마가 집을 나갔을 때 젠지로 할아버지가 있었다면, 어떻게든 해주지 않았을까. 만약, 만약에 지금도 그때의 나 같은 어린애가 있다면 젠지로 할아버지가 뭔가 해줄 것이다. 아니야, 내가 해줘야지. 이런 식으로 남에게 뭔가 해주고 싶다고 생각한 것은 태어나서 처음이었고, 솔직히 말해서 지금 생활을 어떻게든 해줬으면 바라는 건 오히려 나지만. 그래도, 그래도.

　구라하시는 내가 단지 경비를 시작한 후로 건강해졌다고 했다. 젠지로 할아버지와 경비 일을 계속하면 나는 체력이 더 붙고, 좀 더 돈을 잘 버는 일을 할 수 있을 것이다. 나나미 언니를 편하게 해줄 수 있을 거야. 힘내야겠다고 생각했다. 힘내야겠다고 생각하는 것 자체가 내게는 처음일지도 모른다.

창문을 닫은 후 나는 이불을 덮고 누웠다. 무짱과 구라하시는 이미 자고 있겠지. 젠지로 할아버지도 분명 코를 골며 자고 있을 거다. 나나미 언니만 밤거리에 있다고 생각하자, 또 울 것 같았는데 이불 속에서 손을 모아 기도했다. 나나미 언니가 무사하기를. 데리헤루가 뭔지 무짱에게 물어보면 뭔가 가르쳐줄 거다. 구라하시라면 분명 조사해서 알려주겠지만, 구라하시에게는 묻지 않는 편이 좋을 것 같다. 눈을 감으면 내일이다. 눈을 뜨면 나나미 언니가 이 집에 있다. 내일 저녁은 나나미 언니가 좋아하는 그라탱을 만들어줘야지. 버터를 녹이고 밀가루를 볶아서 화이트소스를 만들자. 그리고 마카로니를 삶아서……. 머릿속으로 그라탱을 만드는 순서를 되짚다가 나도 어느새 깊은 잠에 빠졌다.

화요일에 있었던 그 옥상에서의 사건 이후로 결국 나는 이틀간 앓아누웠다. 나나미 언니가 병원에 가라고, 안 가면 내가 데려갈 거라고 몇 번이나 말했지만, 약을 먹고 자면 된다며 나도 물러서지 않았다. 그래도 나나미 언니가 이번 주에는 아르바이트와 학교를 쉬고 집에 있으라고 혼내는 바람에 양쪽 다 쉬고 말았다.

오늘은 목요일. 평소와 같은 오후 시간, 베란다에서 고개를 내밀자 쌍안경을 손에 들고 이쪽을 보고 있는 젠지로 할아버지가 보였다. 내가 기침하며 목에 손을 대 숨 쉬기 힘들다는 사실을 몸짓과 손짓으로 전하자, 젠지로 할아버지는 두 팔로 커다랗게 원을 그렸다. 이해했다는 뜻이겠지.

젠지로 할아버지 혼자 단지를 돌아보게 해서 죄송했는데, 원래 나는 젠지로 할아버지를 쫓아다닐 뿐이니까 내가 무슨 도움이 될 것 같지는 않다. 그래도 젠지로 할아버지는 B동만이라도 제법 많은 집을 돌아야 하니까, 죄송합니다…… 라는 기분이 드는 게 내가 생각해도 신기했다. 내게도 단지 경비원으로서의 자각이 생긴 것일까.

나나미 언니는 미용실에 간다고 오후부터 없었다. 나는 지루하다고 생각하며 혼자 집에 누워 있었다. 집 초인종이 울린 건 오후 3시를 넘은 시각으로, 나는 신문이나 종교 권유라고 생각해 초인종 소리를 무시했다. 그런데 초인종이 집요하게 울렸다. 아, 혹시 젠지로 할아버지가 왔을지도 모른다고 생각해 나는 이불을 박차고 일어나 문으로 다가갔다. 도어 스코프에 눈을 대고 봤으나, 유리가 흐려서 누군지 알 수 없었다. 도대체 누구지? 그렇게 생각한 순간 "미, 미, 미카게" 하고 익숙한 목소리가 들렸다. 나도 모르게 문을 조금 열자, 구라하시가 서 있었다. 손에 빵빵하게 부푼 편의점 봉지를 들고서.

"어? 어라?" 하고 놀라며 나는 부스스한 머리를 손으로 눌렀다. 벌써 수없이 빨아 닳을 대로 닳은 잠옷(그래도 좋아한다) 차림이라 부끄러웠다. 그래도 구라하시가 여기까지 와준 게 기뻐서 나는 문을 활짝 열었다. 그렇게 하면 우리 집의 모든 것이 드러난다는 걸 알고서도.

"이거 무짱이랑 내가 주는 거."

그러면서 구라하시가 비닐봉지를 내밀었다. 보이는 것과 마찬가지로 아주 무거웠다. 벌어진 입구로 젤리나 레토르트 죽이 보였다.

"고, 고마워……." 이 말만 간신히 했다.

"그리고 이것도."

구라하시가 늘 메고 다니는 까만 배낭에서 클리어 파일을 꺼냈다.

"수업, 쉰 동안에 노트 복사한 거."

건네받은 클리어 파일을 펼쳐 종이 뭉치를 보자, 구라하시의 꼼꼼한 글자와 숫자가 줄줄 이어졌다.

"와, 이렇게나"라고 말은 했으나, 지금은 그걸 보기만 해도 머리가 아픈 것 같았다.

"고마워……." 그래도 나는 말했다.

"모, 모, 몸 상태는 괜찮아?"

"응, 매번 있는 천식 발작이야. 자면 나아져."

"그, 그래." 구라하시의 얼굴이 어쩐지 빨갰다. 그 후로 우리는 잠깐 침묵했다. 어느 집에선가 아이 우는 소리가 들렸다. 구라하시는 여전히 말이 없다. 나는 금이 가서 모양이 괴상한 현관 콘크리트 바닥을 내려다보았다. 짧은 침묵이었지만, 나는 이럴 때 무슨 말을 하면 좋은지 모른다.

"저, 저, 저기, 젠지로 할아버지 말인데."

"어?"

구라하시의 입에서 젠지로 할아버지의 이름이 나와 놀랐다. 무쨩에게도 구라하시에게도 할아버지라고만 했지 이름은 말하지 않았다.

"배, 배, 배낭, 무거워 보이는 배낭을 멘 할아버지지?"

"으, 응."

"가, 가, 가슴에 유치원 이름표 같은 배지를 단 사람 맞지?"

"응, 맞아……. 어! 구라하시, 젠지로 할아버지랑 만났어?"

"이, 이, 이 단지는 넓잖아. 나, 나, 나 길을 잃어서. 그, 그리고 미카게가 몇 호에 사는지도 모르니까 무, 무, 무쨩한테 전화로 물어보려고 했는데, 아르바이트 중이라 전화를 못 받아서. 미, 미, 미카게한테 전화를 걸어서 내가 간다고 하면, 절대로 오지 말라고 할 것 같아서……. 그, 그, 그래서 어슬렁거리다가."

"젠지로 할아버지랑 만난 거야?"

"으, 응. 다, 다, 다나바시 미카게의 집이 어딘지

물었더니 갑자기 '넌 누구냐!'라고 호통을 쳤어."

젠지로 할아버지가 어떻게 했을지 생생히 상상할 수 있었다.

"구라하시, 진짜, 정말 미안해." 몇 번이나 고개를 숙였지만, 단지 경비원으로서는 그런 태도가 옳을지도 모른다고 조금은 생각했다.

"미, 미, 미카게 문병을 왔다고 했더니."

"했더니?"

"'저, 저, 절대로 방에 들어가지 마!'라고 또 호통을 쳤어."

"진짜 진짜 미안해. 진짜로 미안해." 몇 번이나 반복해서 말하자 또 가슴 안에서 살짝 쌕쌕 싫은 소리가 났다.

"'그, 그, 그럴 생각은 없어요. 이, 이, 이걸 주고 바로 갈 거예요'라고 말했더니 날 놔줬는데, 어, 어, 엄청난 눈으로 노려봤어."

구라하시의 말을 듣자 울고 싶어졌다. 나는 문을 조금 더 활짝 열고 바깥 복도나 밖을 내다봤다. 이 모습을 어디선가 젠지로 할아버지가 지켜보고 있는 것

아닐까, 그런 생각이 들었다. 그래도 젠지로 할아버지의 모습은 보이지 않았다. 그 사실에 마음이 놓였다.

"그, 그, 그러니까, 나는 이걸 전해줬으니까 바로 돌아갈게. 모, 모, 몸, 무리하면 안 돼. 무짱도 걱정하니까."

"저, 저기, 구라하시."

"으, 응?"

입술 바로 안쪽까지 데리헤루라는 단어가 머물렀다. 뭐든 아는 구라하시라면 틀림없이 뭔가 알고 있을 테지만, 남자인 구라하시에게 그걸 묻는 건 망설여졌다. 이걸 묻는다면 역시 무짱이다.

"오늘 와줘서 정말 고마워. 차도 대접하지 못해서 미안해."

"그, 그, 그런 건 하나도 신경 안 써도 돼. 거, 거, 건강해지면 또 학교에서 만나자. 무짱이랑 셋이 아니면 좀 이상하니까."

"응, 고마워. 오늘 정말 와줘서 고마워." 그건 진심에서 우러나온 말이었다. 사실대로 말하면 그때 조금 울 것 같았다.

"그, 그럼 학교에서 봐!" 구라하시는 그 말을 남기고 돌아갔다. 문을 쿵 닫은 후 나는 그 자리에 쪼그려 앉았다. 구라하시의 클리어 파일을 품에 안은 채.

지금까지 친구를 사귄 적이 없다. 내가 아플 때 이렇게 와주는 친구는 없었다. 냄새난다느니 더럽다느니, 그런 말만 들었다. 그래도 나한테도 친구가 있다고 생각하자 마음이 따끈따끈해지고 눈물이 끝도 없이 흘러나왔다. 그때, 갑자기 문이 열렸다. 미용실에서 돌아온 나나미 언니였다. 나나미 언니가 현관에 쪼그려 앉은 내 옆에 웅크려 앉았다.

"미카게! 왜 그래? 괴로워?"

아니야, 아니야, 하고 나는 고개를 저었다.

"아니야, 야간 학교 친구가 문병이라고, 이걸 주려고."

나나미 언니는 내가 가리킨 편의점 봉지를 가볍게 집어 들었다.

"우와아아, 이렇게 잔뜩!"

"무쨩이라는 친구가 편의점에서 아르바이트를 하거든. 그래서."

왠지 구라하시가 온 것은 나나미 언니에게 말하지 않는 편이 좋을 것 같았다.

"어라, 뭐가 들어 있네."

나나미 언니가 편의점 봉지에 손을 집어넣었다. 잠시 후 봉지 속에서 접힌 종이를 꺼내 내게 건넸다. 나는 쪼그려 앉은 채 종이를 펼쳤다. 무짱의 삐뚤빼뚤한 글씨로 '미카게가 얼른 학교에 오지 않으면 쓸쓸해!'라고만 적혀 있었다.

나는 그걸 보고 또 울었다. 나나미 언니는 내가 움켜쥔 종이를 보고, 내 짧은 머리를 마구마구 쓰다듬었다. 나나미 언니의 손이 다정하게 움직여서 나는 또 울었다.

"너무 많이 울면 또 몸이 안 좋아질 거야." 나나미 언니가 걱정할 정도였다.

"그래, 그렇구나, 미카게한테도 친구가 생겼구나. 다행이야, 다행이야."

나나미 언니는 붉어진 눈으로 말했다. 그러면서 나를 꼭 안아주었다. 나나미 언니에게서 좋은 냄새가 났다. 샴푸인지 린스인지는 모르나, 나나미 언니가 미용실에 가서 예뻐지는 건 데리헤루 일을 하기 위해서 일지도 모른다고 생각하자, 또 가슴이 답답해져서 나는 울었다.

"아무튼 미카게는 더 누워 있어야 해!"

그러면서 나나미 언니가 편의점 봉지에서 푸딩을 꺼내 건네주었다.

"그거 먹고 더 자."

그러더니 나나미 언니는 편의점 봉지째 난폭하게 냉장고에 넣었다. 그런 후에는 그 자리에서 옷을 훌렁훌렁 벗고 욕실로 들어갔다. 나는 허둥지둥 창문으로 달려가 커튼을 쳤다. 남향인 창문 근처는 햇빛이 닿아 따끈따끈 뜨듯하다. 나는 베란다에 앉아 푸딩을 먹기로 했다. 젠지로 할아버지가 또 보이지 않을까 생각하면서.

푸딩은 달다. 너무 달다 싶을 정도인데, 이렇게 맛있는 푸딩을 먹는 건 태어나서 처음이라고 생각했다. 기울어지기 시작한 햇빛이 내 얼굴을 비췄다. 계절은 이제 완연한 가을이다. 젠지로 할아버지와 한여름에 만났는데 지금은 벌써 가을이 됐다. 가을에는 나나미 언니와 내 생일이 있다. 나는 열여섯 살, 나나미 언니는 스물한 살이 된다. 젠지로 할아버지는 몇 살일지 갑자기 궁금했다. 당연하지만 젠지로 할아버지에게도 생일이 있다. 그렇게 생각하니까 왠지 신기했다. 그래도 나나 나나미 언니가 나이를 한 살 먹는 것과 젠지로 할아버지가 나이를 한 살 먹는 것의 의미는 전혀 다를 것 같다.

내가 몇 살까지 살지는 모르겠지만, 스스로 선택하지 않는 한 죽음은 아직 한참 나중의 일일 것 같다. 나보다 훨씬 연상인 젠지로 할아버지가 나이를 먹는 것은 죽음에 가까워지는 것이고, 할아버지는 나와 나나미 언니보다 죽음과의 거리가 훨씬 가까울 것이다. 무섭지 않을까? 나이를 먹는 게. 그런 생각을 하며 푸딩을 먹고 아래쪽 밭을 봤다. 여름에는 오이나 토마토가 나던 밭에 이제 말라버린 잎만 있고 아무것도 맺히지 않았다. 내년 여름이 되면 또 알아서 오이나 토마토가 자랄까?

그때, 내 눈에 젠지로 할아버지가 들어왔다. 할아버지는 쌍안경으로 B3동을 상하좌우로 살펴보고 있다. 나는 젠지로 할아버지에게 손을 흔들었지만, 할아버지는 시야에 내가 보일 텐데도 아무런 반응을 하지 않았다. 그래도 나는 고집스럽게 손을 흔들었다. 젠지로 할아버지 뒤에 익숙한 사람이 걸어오는 것이 보였다. 구라하시다. 하얀 셔츠에 노란 별 모양 배지를 달았다. 배낭은 아까 왔을 때보다 더 빵빵하게 부풀었고, 얼굴은 어딘지 지친 것처럼 보였다. 도대체 어쩌다가 구라하시가 젠지로 할아버지랑 같이 있는 거지?

"젠지로 할아버지!" "구라하시!" 이름을 불러도 내 목소리는 쉬어서 큰 소리가 나오지 않았다. 나는 새가 날갯짓하는 것처럼 퍼덕퍼덕 두 팔을 위아래로 움직였다. 그래도 두 사람은 내 얼굴을 보지 않는다. 도대체 어쩌다가 이렇게 된 건데? 그렇게 생각하는데, 젠지로 할아버지가 구라하시에게 뭔가 말했고, 구라하시가 얌전한 표정으로 고개를 끄덕였다. 아무것도 들리지 않아서 답답했다. 잠시 후, 젠지로 할아버지가 구라하시의 어깨를 두드렸는데, 그만 돌아가라고 재촉하는 것 같았다. 구라하시가 떠난 밭 한가운데에 서서 젠지로 할아버지가 나를 봤다. 그러고는 응응,

만족스럽게 고개를 끄덕이고 그 자리에서 떠났다.

"잠깐만요!"라고 말을 걸었지만, 역시 목소리가 잘 나오지 않았고 어느새 젠지로 할아버지의 모습도 사라져서 내 눈에는 아무도 없고 잎이 말라버린 밭만 보일 뿐이었다.

이럴 때는 스마트폰으로 구라하시에게 전화해서 무슨 일이 생긴 건지 묻는 게 좋겠다고 생각해 방으로 돌아와 책상에 올려놓은 스마트폰을 쥐었다. 그런데 전원이 꺼져 있다. 내 스마트폰은 종종 이런다. 전화 요금도 아깝지만 아르바이트 월급에서 꼬박꼬박 내는데. 스마트폰 자체가 너무 낡아서 가끔 전화가 안 된다. 아, 진짜! 나는 스마트폰을 가방에 쓱 집어넣었다.

금요일, 토요일, 일요일은 나나미 언니가 하라는 대로 반쯤은 이불에 누워 지냈는데, 빨리, 빨리 월요일이 오면 좋겠다고 이렇게 강렬하게 바란 것은 태어나서 처음이었다. 나나미 언니가 나간 후에는 구라하시가 준 노트 복사본을 보며 쉬었던 동안의 공부를 했다. 구라하시의 노트는 역시 머리 나쁜 나도 알기 쉽게 적혀 있어서, 정말로 구라하시가 학교 선생님이 되면 좋겠다고 생각했다. 날이 지남에 따라 기침도 거의 나지 않았고, 가슴 안쪽도 쌕쌕거리지 않았다. 빨리 아르바이트에 복귀하고 싶었고, 야간 학교에도 가고 싶었다.

"너무 쉬는 날이 많으면 좀……."

월요일, 아르바이트를 하러 가자마자 공장장에게 싫은 소리를 들었는데, "저는 이 일을 좋아해요. 앞으로는 최대한 쉬지 않으려고 노력할 테니까 제발 부탁드립니다, 일을 계속하게 해주세요" 하고 바닥에 머리가 닿을 정도로 고개를 숙여 어떻게든 용서받았다. 나는 편의점 아르바이트 같은 건 못 한다. 이 일 말고는 못 하니까 열심히 해야겠다고 생각해 정성을 다해 딸기를 선별하고, 스펀지 반죽 위에 올려놓았다.

점심시간, 아르바이트 선배인 나가사카 씨가 "몸이 안 좋았다며? 무리하면 안 된다. 무조건 잘 먹어야 해"라며 바구니에 담긴 빵을 비닐봉지에 꽉꽉 담아주었다. 나는 그 빵을 가방에 넣고 집에 돌아왔다. 나나미 언니가 "학교는 더 쉬는 게 어떠니?"라고 물었는데, "공부가 뒤처지니까"라고 대답했더니 나나미 언니의 눈이 휘둥그레졌다.

날이 완전히 저문 뒤, 나는 녹슨 바구니 자전거를 삐걱삐걱 타고 야간 학교에 갔다. 평소와 같은 학교, 평소와 같은 교실, 평소와 같은 선생님, 그 안에 내가 있다는 사실이 기뻤다. 저녁 준비에 시간이 걸려 조금 늦게 교실로 들어선 나를 무짱과 구라하시가 돌아보고 눈을 마주쳐주었다. 무짱은 여전히 학교에 오긴 해도 교과서를 펼친 채 책상에 엎드려서 잤고, 구라하시는 제일 앞에 앉아 선생님의 설명을 열심히 들었다. 나는 역시 수업에 별로 흥미가 없었지만, 그래도 힘내서 선생님의 말을 듣고 필기했다.

드디어 급식 시간이 왔다. 오늘은 미트볼스파게티였다. 역시 급식은 맛있어 보인다. 꼬르륵, 배에서 소리가 났다. 구라하시와 무짱은 급식을 먹고, 나는 빵 공장에서 받은 빵을 종이 팩 우유로 삼켰다.

"몸이 나아서 다행이야."

무짱이 내 얼굴을 보며 표정 변화 없이 말했다.

"응, 고마워. 푸딩이랑 젤리랑 잔뜩 준 거. 정말 맛있었어."

"구라하시랑 둘만 있으면 학교에 와도 좀 기분이 이상하더라."

무쨩이 얼마 전 단지에 와서 구라하시가 한 말과 똑같은 말을 했다.

"구라하시도 와줘서 고마워. 노트 복사본, 많이 도움이 됐어. 그리고 말인데."

"으, 으, 응."

구라하시가 고개를 끄덕였다. 나는 드디어 구라하시에게 묻고 싶었던 것을 물어보았다.

"저기, 할아버지 얘긴데."

"할아버지?"

무쨩이 미간에 주름을 잡고 물었다. 무쨩의 얼굴이 무섭다.

"저기, 저기, 젠지로 할아버지······." 내 목소리가 점점 작아졌다.

"젠지로? 누구야? 설마 단지에?" 무쨩이 위압적으로 나를 봤다.

"다, 다, 단지 경비원을 하는 젠지로 할아버지."

대답한 것은 구라하시였다.

"저기, 있잖아, 젠지로 할아버지, 구라하시한테 이상한 거 시켰어? 이상한 소리 했어? 나쁜 사람은 아니야. 그래도 역시, 할아버지라서."

"이, 이상한 할아버지 아니야. 그, 그, 그리고 나, 단지 경비원이 됐어."

그러면서 구라하시는 주머니에서 노란 별 모양 배지를 꺼내 보여주었다. 거기에는 '게이이치로'라고 구라하시의 이름이 어린애 같은 글씨로 적혀 있었다.

"어? 어떻게 된 거야?"

놀라서 나도 모르게 목소리를 높였다.

"으, 응. 나, 나, 공부는 오전에 다 끝마치니까 오, 오후에 비교적 시간이 있거든. 학교에 올 때까지는. 아, 아르바이트도 안 하고, 게, 게다가 화요일과 목요일 오후만이잖아……. 그, 그리고 나, 그런 걸 해보고 싶었어."

"그런 거라니?" 나는 물었다.

"자, 자원봉사 같은 거……."

어째서인지 구라하시의 목소리가 점점 작아졌다.

나는 단지 경비원으로서 하는 일을 자원봉사라고 생각한 적이 없었으니까 솔직히 놀랐다.

"아르바이트비도 못 받는데?"

그렇게 말하는 무짱의 눈이 뾰족해졌다.

"그, 그러니까, 자원봉사니까, 아, 아르바이트비는 없는 게 보통이지……."

구라하시가 페트병에 담긴 차를 한 모금 마셨다.

"그, 그리고 나, 다, 단지의 생활을 보고 싶었어. 나, 나는 계획도시 같은 거에도 흥미가 있으니까, 자, 장래에 건축 일을 하고 싶거든."

구라하시가 건축 일을 하고 싶다니 처음 듣는 이야기다. 단지의 생활은 볼 필요도 없고 볼 것도 없는데……. 내가 입을 다물자 무짱이 히죽거리며 내 얼굴을 봤다.

"흐으으응, 그런 거구나."

"어, 무슨 소리야?"

"미카게, 참 둔하다니까."

구라하시는 얼굴이 빨개져서 안경을 벗더니, 그걸 셔츠 소매로 닦았다. 나는 의미를 전혀 몰라 두 사람의 얼굴을 번갈아 봤다.

"뭐, 됐나."

그렇게 말한 무짱은 급식 미트볼을 입에 덥석 집어넣고 또 히죽거렸다.

무짱이 무슨 말을 하는지 정말 모르겠는데, 이로써 구라하시와 나는 같은 단지 경비원으로서 젠지로 할아버지 밑에서 활동하게 됐다.

화요일 오후, 늘 모이는 곳에 가자 이미 젠지로 할아버지와 구라하시가 와 있었다. 젠지로 할아버지는 "미카게, 늦었어"라는 말만 하고 구라하시가 왜 단지 경비원이 됐는지는 전혀 설명하지 않았다.

젠지로 할아버지는 "자, 갈까?"라고 말한 후 성큼성큼 앞서서 걸어갔다. 나와 구라하시는 허둥지둥 그 뒤를 쫓아갔다. 구라하시는 젠지로 할아버지와 비슷하게 무거워 보이는 배낭을 짊어지고 손에는 종이를 끼운 바인더 같은 것을 들고 있었다.

"그거 뭐야?" 하고 묻자, "혀, 현상 파악이야"라고 또 어려운 말을 한 후 살포시 웃었다.

B동 한 집 한 집, 젠지로 할아버지 머릿속에만 있

는 '방문해야 할 집'을 찾아가 평소처럼 문을 두드려 "살아 있나!"라고 외치고, 할아버지와 할머니에게 포카리스웨트와 빵을 건넸다. 구라하시는 각각의 집을 방문할 때마다 방 호수를 종이에 적고, 볼펜으로 뭔가 적었다.

어느 집의 할아버지도 할머니도 건강하다고 하긴 어려운 상태일지 모르겠으나 그래도 일단은 살아 있었다. 한쪽 눈이 새하얘서 눈에 아무것도 보이지 않을 것 같은 할머니와 만나면 나는 늘 단지 안을 어슬렁거리는 늙은 개가 생각났다. 그 개도 한쪽 눈이 새하얘서 앞이 잘 보이지 않는 것 같았으니까.

그 할머니가 구라하시의 목소리를 듣더니 "사다오! 돌아왔구나!"라고 반쯤 비명을 지르며 눈물을 흘렸다.

나도 단지 경비원을 시작했을 때, 이렇게 다른 사람으로 오해받는 일이 몇 번이나 있었다.

할머니는 구라하시의 손을 붙잡고 놓아주지 않았다. 젠지로 할아버지가 "애는 사다오가 아니야"라고 억지로 손을 놓게 하려고 해도 안 됐다. 엄청난 힘으로 다시 구라하시의 손을 잡아당겨 자기 집 안으로 끌어들이려고 했다.

"저, 저, 여, 여기에서, 자, 잠시 할머니랑 얘기하다 갈게요."

나는 구라하시가 그렇게 말해서 놀랐다. 젠지로 할아버지도 어쩔 수 없이 고개를 끄덕였다. 구라하시가 들고 있던 바인더를 내게 건넸다. 대충 살펴보니 거기에는 방 번호 옆에 어떤 사람이 어떤 상태로 살고 있는지, 곤란해 보이는 점은 뭔지 구라하시의 반듯한 글씨로 빽빽하게 적혀 있었다.

"미, 미카게, 아, 알아낸 점만이라도 좋으니까 그, 그걸 메모해줘."

그렇게 말하는 구라하시는 할머니에게 억지로 끌려가 현관에서 허둥지둥 운동화를 벗는 중이었다. 내가 이런 일을 할 수 있을까 싶었지만, 그래도 나는 바인더를 품에 안았다. 그렇게 평소처럼 젠지로 할아버지와 둘이서 B동의 걱정되는 집을 방문했다. 내가 적은 메모는 구라하시가 적은 것과 비교도 안 됐다. 할아버지, 말랐다, 콜록거린다, 배가 고파 보인다……

이 정도가 다였지만 어쨌든 내가 느낀 바를 종이에 적었다.

    B2동 할아버지, 할머니들 집의 방문을 마친 뒤, 젠지로 할아버지와 둘이서 계단을 내려갔더니 입구 쪽 계단에 루이가 앉아 있었다. 늘 신고 다니는 노란색 장화의 오른쪽 발끝이 뜯어져서 지저분한 엄지발가락이 고개를 내밀었다. 다가가자 역시 비에 젖은 유기견 같은 냄새가 났다. 루이는 우리 집 아래에 사는데 루이의 가족을 본 적은 없고, 단지 여기저기에서 루이를 본다. 루이는 뺨이 빨갛게 부었고 코피를 조금 흘리고 있었다. 그러고 보니 루이의 집에는 젠지로 할아버지와 같이 간 적이 없다고 생각하며 말을 걸었다.

    "으아! 루이, 어떻게 된 거야?"

    나는 배낭에서 휴지를 꺼내 얇게 뭉쳐서 루이의 오른쪽 콧구멍을 막았다. 루이는 아무 말 없이 내가 하는 대로 가만히 있었다. 루이가 내게 오른손을 내밀었다. 아, 배가 고픈 거구나, 생각하며 다시 배낭에서 젠지로 할아버지가 준비한 빵을 꺼내고 내가 공장에서 받아 온 빵으로 꽉 찬 봉지도 꺼내 루이에게 건넸다. 루이는 그 자리에 앉아 내가 준 빵을 먹었다.

"젠지로 할아버지, 이 아이는 우리 집 아래층에 살아요."

젠지로 할아버지에게 말하려면 용기가 필요했는데, 그래도 나는 말했다. 흐음, 고민하는 얼굴로 젠지로 할아버지가 팔짱을 끼고 잠깐 생각했다.

"거기에 가볼까."

그렇게 말해줘서 나도 가슴을 쓸어내렸다.

구라하시는 아직 오지 않는다. 성가신 일에 휘말리지 않았으면 좋겠다고 생각하며 나는 루이와 손을 잡으려고 했다.

"루이, 너희 집에 가자."

내가 말하자, 루이는 고개를 좌우로 흔들고 내 손을 뿌리치더니 후다닥 어디론가 달려갔다. 아이참, 싫었지만 쫓아갈 기운은 없다. 나나미 언니가 아직 자고 있길 바라며 나와 젠지로 할아버지는 조금 전에 들렀던 B3동으로 갔다. 목적지는 2층에 있는 루이의 집이었다.

젠지로 할아버지는 우선 현관문의 초인종을 눌

렀는데, 망가졌는지 안에서 소리가 나는 것 같지 않았다. 몇 번을 해도 똑같아서 젠지로 할아버지는 문을 힘차게 두드렸다. 그러나 역시 대답이 없었다. 젠지로 할아버지가 있는 힘껏 문을 열었다. 그러자 둥글고 새하얀 쓰레기 봉지가 복도로 몇 개나 굴러 나왔다. 게다가 뭔가 썩는 듯한 냄새도 났다. 나는 집 안의 복도를 봤는데, 쓰레기 봉지가 복도를 꽉 채워서 안으로 들어갈 수 없을 것 같다.

"누구 있나!"

젠지로 할아버지가 큰 소리로 외쳐도 대답이 없다.

"미카게, 여기 있거라."

젠지로 할아버지가 나를 손으로 막고 혼자 안으로 들어가려고 했다. 젠지로 할아버지는 신발을 벗을 공간도 없어서 낡은 운동화를 신고 쓰레기 위를 걸어갔다. 쓰레기 봉지를 밟는 서벅서벅 소리를 들으며 나는 밖에서 기다렸다. 문득 아래를 보니 구라하시가 뭔가 찾는 것처럼 두리번거리며 걷고 있었다.

"구라하시."

나는 목소리를 낮춰 구라하시를 불렀다. 구라하시는 나를 보고 얼굴이 반짝 환해지더니 손을 들어 보이고 B3동 입구로 들어왔다. 계단을 다 올라온 구라하시는 어딘가 지쳐 보였다.

"이, 이제 오늘은 해산한 건 줄 알았어. 이, 이 단지, 생각보다 넓어서 미카게를 찾는 게 쉽지 않아서……"

"미안해. 루이라고 걱정되는 남자애가 있는데, 젠지로 할아버지한테 살펴봐달라고 했어."

"그렇구나."

"어땠어? 아까 할머니……"

"으, 응……" 하고 대답했지만 구라하시의 입이 왠지 무거웠다.

"아, 아마 치매인 것 같아. 나, 나를 계속 아들이라고 여겨서……"

그럴 것 같긴 했지만 구라하시의 지친 얼굴을 보니까, 젠지로 할아버지와 내가 하면 될 단지 경비원 일에 구라하시가 참여해도 정말 괜찮을지 걱정되어서 내 마음이 가라앉았다.

젠지로 할아버지는 집 어디까지 들어갔는지 안쪽에서 바스락바스락 소리는 들리지만 모습은 보이지 않았다. 문밖으로 굴러 나온 쓰레기 봉지는 묶이지 않았다.

"으, 으아, 뭐, 뭐야, 이 냄새……."

그러면서 구라하시가 팔로 코를 덮었다.

"쓰레기가 엄청나서……."

나는 대답했지만 사실 부끄러웠다. 단지의, 내가 사는 곳의 가장 보이기 싫은 모습을 보인 것 같아서. 오늘 하루 만에 내가 어떤 곳에서 사는지 구라하시가 전부 안 것 같아서. 시선이 저절로 아래를 향했다. 발밑에 굴러다니는 쓰레기 봉지 안에는 납작해진 빈 맥주 캔, 고등어 캔 따위가 종이 쓰레기와 뒤섞여 엉망으로 들어 있었다. 여기 사는 사람이 누구인지 모르고 루이 이외에 본 적도 없지만, 버리려는 마음은 있어도 분별하거나 쓰레기 수거장에 가지고 갈 기력이 없었나 보다.

그런 생각을 하는데 또 서벅서벅 소리가 들리더니 이쪽으로 돌아오는 젠지로 할아버지가 보였다. 젠지로 할아버지의 얼굴이 다른 때보다 심각했다. 저런 표정을 한 젠지로 할아버지는 처음 봤다. 복도로 돌아온 젠지로 할아버지는 나와 구라하시를 보고도 아무 말 없이 휴대폰(내가 쓰는 것과 비슷하게 오래된 폴더폰)으로 어딘가에 전화를 걸었다. '경찰'이나 '유체'라는 단어가 들려서 내 몸이 굳어졌다.

이 집 어딘가에 유체가 있다는 소리?

갑자기 입안이 마르기 시작했다. 어어, 시체를 보고 싶었던 건 사실인데, 그건 투신자살을 한 시체를 멀리서 아주 조금만, 언뜻 보면 좋겠다고 생각한 것이다. 여기는 루이의 집이고, 내가 사는 집 아래층이고, 어어어…….

이 집에 들어가면 진짜 시체를 볼 수 있다는, 그런 건가?

고동이 두근두근…… 빨라졌다. 내 발이 자연스럽게 앞으로 나가 쓰레기 봉지를 짓밟으며 안으로 들어가려고 했다. 젠지로 할아버지가 내 팔을 꽉 붙잡고 놓아주지 않았다. 젠지로 할아버지는 내 얼굴을 보고 말했다.

"오늘은 여기에서 해산이야."

에이! 하고 외치고 싶었지만 젠지로 할아버지의 얼굴이 본 적 없을 만큼 무서워서 뭐라고 반박할 수 없었다. 그래도 그 자리에서 움직이지 않는 나와 구라하시에게 젠지로 할아버지가 호통을 쳤다.

"해산! 해산이야!"

목소리가 너무 커서 내 몸이 떨렸다. 옆에 있는 구라하시의 표정도 딱딱했다.

"네, 네에……."

나와 구라하시는 서로 얼굴을 마주 보고 대답한 후 그 자리를 떠났다. 입구에서 "그럼 학교에서 봐"라고 구라하시에게 말하고 헤어졌다. 구라하시의 등에서 왔을 때보다 짐이 훨씬 줄어든 배낭이 흔들렸다. 오늘 하루 만에 너무 많은 일을 겪었네…… 하고 생각하며 나는 그 뒷모습을 배웅했다.

내가 집으로 가려고 계단을 올라가는데, 멀리서 경찰차가 소리를 내며 이쪽으로 오는 게 보였다. 나나미 언니가 깨겠다. 나는 허둥거리며 집으로 돌아갔다. 살그머니 열쇠로 문을 열고 안으로 들어갔다. 미닫이

문을 열자, 나나미 언니는 고른 숨소리를 내며 깊이 잠들어 있었다. 나는 소리 나지 않게 벽장을 열어 배낭을 안에 넣었다. 다음으로 손을 꼼꼼히 씻고 저녁을 준비하기 시작했다. 피망을 씻고 썰며 도마에 녹색이 번지는 것을 바라보았다. 아랫집이 자꾸만 신경 쓰였다. 젠지로 할아버지가 말한 '유체'라는 단어가 귓가에서 재생되었다. 이 집 아래에서 누가 죽었다. 루이는 도대체 그동안 어떻게 지냈을까? 그런 생각이 들자 식칼을 든 손이 떨렸다. 기분 탓인지 창문 너머에서 술렁거리는 소리가 들렸다. 시체를 보고 싶은 기분도 강렬했지만, 무엇보다도 루이가 걱정이었다.

언제 죽었는지는 모르나 죽은 사람은 아마도 루이의 가족이고, 그 사람이 죽어서 루이는 혼자고. 보호해주는 어른이 없었으니까 루이가 늘 지저분하고 배가 고픈 것도 당연하다. 그러나 루이의 얼굴은 늘 부어 있었고 오늘도 코피를 흘렸다. 루이를 때린 건 죽은 사람이 아닌 누군가이고, 그건 대체 누구일까…… 하고 생각하자 마음이 술렁거렸다.

그래도 나는 마음을 진정시키려고 채소를 정성

껏 썰고 국물에 된장을 풀었다. 나나미 언니가 하품하며 일어났다. 곧바로 속옷을 벗기 시작했고 나는 급하게 커튼을 쳤다. 물소리가 들렸다. 나나미 언니는 샤워를 오래 하니까 앞으로 30분은 나오지 않을 것이다. 나는 가스불을 끄고 샌들을 신은 후 문을 열었다. 황급히 계단을 내려갔다. 루이의 집 앞에는 어느새 사람들이 모여 있었다. KEEP OUT이라고 적힌 노란 띠가 문 앞에 쳐졌고, 경찰이 이 이상 집에 가까이 오지 말라고 목이 쉬도록 외쳤다. 나는 사람들을 헤치고 제일 앞으로 가서 경비 중인 경찰에게 말했다.

"이 집에 사는 사람, 애가 있어요! 이름은 루이라고 해요!"

"그 애는 지금 어디 있니?"

"모르겠어요……. 단지 내부 어딘가에 있을 것 같은데요."

내가 지금 찾아오겠다고 말하려는데, 한 남자아이가 사람들 틈에서 나왔다. 루이였다.

"네가 루이니?"

경찰이 물었으나 루이는 고개를 끄덕이지도 않

앉다. 경찰이 루이의 손을 잡았지만, 루이는 그걸 뿌리치고 문을 열어 집 안으로 들어갔다.

"어이, 기다려!"

경찰이 뒤를 쫓아갔지만 산더미처럼 쌓인 쓰레기가 방해가 되어 속도가 느렸다. 루이는 익숙했다. 열린 문 너머로 루이의 등이 순식간에 보이지 않게 되었다. 이유는 모르겠지만 나도 루이 뒤를 쫓아갔다. 샌들이 도중에 벗겨져서 맨발이 되었다.

"앗, 어이!" "거기 기다려!" 어른들의 호통이 나와 루이에게 쏟아졌다. 으앗! 어른의 비명도 들렸다. 루이를 붙잡으려는 어른의 손바닥을 루이가 깨물었다. 냄새는 집 안으로 들어갈수록 강해졌다. 한여름, 음식물 쓰레기가 썩는 냄새보다 심했다. 나는 이런 냄새를 맡아본 적 없었다. 방 한가운데에 파란 시트로 사방을 둘러친 곳이 있고, 루이가 거기로 뛰어들었다.

"앗, 안 돼! 루이!"

나도 외치며 루이의 뒤를 쫓아갔다.

거기에는 사람 형태를 한 사람 아닌 것이 있었다. 살아 있는 인간의 피부색이 아니었고 말라비틀어진 커다란 나뭇가지처럼 보이기도 했다. 그 나뭇가지 군데군데에 아직 인간다움을 붙들어둔 까만 살점 같은 것이 남아서 그 시체가 원래 인간이었다고 외치는 것 같았다. 움푹 팬 눈을 봤다. 이미 거기에 수분 담긴 안구는 없고, 갈색 유리구슬 같은 것이 구멍 안에 하나씩 있을 뿐이었다. 까만 머리뼈에는 아직 머리카락이 풍부하게 남아 있고, 홀쭉한 볼 주변에는 건강하고 청결한 하얀 이가 가지런한 것이 보였다.

시체를 보고 있다. 그렇게 생각하자 다리가 덜덜 떨렸다.

사람이 죽으면 썩는다, 언젠가 구라하시가 했던 말이 생각났다.

"지, 지금은 그, 금방 화장하니까, 그, 그, 그러기 전에도 썩지 않게 드라이아이스로 처리하기도 해."

그러나 이 시체는 태우지도 않았고, 썩지 않게 드라이아이스로 얼리지도 않았다. 죽고 내버려두면 인간의 몸은 이렇게 되는구나……. 관자놀이를 누가 꽉 꼬집은 것처럼 아팠다.

"엄마아!"

옆에 있던 루이가 어마어마하게 큰 소리로 외쳤다. 그것은 내가 처음 들은 루이의 목소리였다.

처음으로 시체를 봤다. 태어나서 처음으로 시체를 보고 말았다……

3층인 우리 집으로 가는 계단을 하나하나 올라갈 때마다 그 일의 거대함이 내 내면에 스며드는 것 같았다.

"엄마아!" 하고 울부짖던 루이는 여자 경찰에게 안겨 어딘가로 갔다. 나도 개 쫓기듯 쫓겨났다. 그러나 그 방에는 여전히 루이의 엄마일지 모르는 여자의 시체가 있고……. 그걸 생각하자 손끝이 선뜩하게 차가워졌다. 빈혈이 생겼을 때처럼 의식이 아득해졌다. 그래도 힘내서 계단을 올라가 문손잡이를 돌렸다. 나나미 언니가 브래지어 차림으로 이쪽을 보고 있었다.

"도대체 무슨 소란이야?"

내가 시체를 봤다는 건 나나미 언니에게 말하지 않는 편이 좋을 것이다.

"아래층에, 그, 루이네 집에서 무슨 일이 일어났

나 봐."

내가 말끝을 흐리며 설명하자, 나나미 언니도 "아아……"라고만 하고 입을 다물었다.

나나미 언니도 루이를 알고 있고, 아마 루이의 엄마도 알고 있을 것이다. 나나미 언니가 고등학생쯤이었을 때, "루이의 엄마가 반찬을 줬어"라고 나나미 언니가 말했던 기억이 있다. 그러나 기억을 더듬어도 루이의 엄마가 어떤 사람인지, 얼굴이 어떻게 생겼는지 도무지 생각나지 않는다.

"루이는 경찰이 어디로 데려간 것 같아……."

"……그래도 루이한테는 그게 더 좋을지도……."

루이는 늘 배가 고팠고, 지저분한 옷을 입고, 구멍 뚫린 장화를 신었다. 그게 내가 아는 루이였다. 루이가 경찰에게 끌려가 앞으로 어디에 가게 될지 모른다. 아마도 아동 복지 시설 같은 곳이려나. 그래도 루이가 매일 안전하고 남한테 얻어맞는 일 없이 배부르게 밥을 먹을 수 있는 곳이라면 어디든 괜찮을 거다. 적어도 이 단지에 있는 것보다는 낫다.

나나미 언니는 그 이상 말하지 않고 발가벗고서

욕실로 걸어갔다. 나는 다시 저녁 준비를 했는데 역시 어딘가 멍해서 프라이팬에 간장을 콸콸 붓고 말았다. 이런, 큰일 났다 싶었지만 오늘은 어쩔 수 없다. 가스 불을 끄고 나는 나나미 언니가 욕실에서 나올 때까지 널어놓은 빨래를 거둬들여 평소보다 더욱 공들여 개켰다.

나나미 언니도 생각하는 바가 있는지 저녁을 먹을 때도 평소보다 말수가 적었다. 거북한 저녁 식사였다. 내 눈앞에 조금 전에 본 시체(아마 루이의 엄마)가 아른거려서 도무지 식욕이 생기지 않았다. 피망과 고기를 얇게 썰어 볶은 요리는 너무 많이 넣은 간장 때문에 짜서 먹지 못하겠다. 피망은 그렇다 쳐도 고기를 먹기 힘들었다. 젓가락과 입을 움직여도 눈앞에 시체가 아른아른 떠오른다. 그러나 밥을 안 먹으면 나나미 언니가 나를 또 걱정한다. 열심히 밥과 된장국과 피망을 입에 넣었다.

"다녀올게." 나나미 언니에게 말하고 나는 집에서 나왔다.

계단을 내려갔다. 아까 정도로는 아니지만, 그래

도 루이의 집 주변에 사람이 잔뜩 있었다. 루이의 집은 문이 활짝 열려 있었고, 집 안에서 번쩍번쩍 어떤 불빛이 비쳤다. 경찰도 집 안에서 뭔가 하고 있었다. 집 안에 젠지로 할아버지가 있을 것 같았다. 왜냐하면 첫 번째 발견자니까. 젠지로 할아버지가 번거로운 일에 휘말리지 않으면 좋겠다고 생각했다.

바구니 자전거를 타고 학교에 갔다. 단지의 어두컴컴한 숲에서 나와, 북적거리는 환락가를 지나, 창문에 드문드문 불이 켜진 학교가 보였을 때, 진심으로 안도했다. 그런 일이 벌어진 오늘이어도 학교는 늘 그렇듯이 공부하는 곳이고, 교실에 들어가자 무쨩과 구라하시가 나를 보고 웃었다. 긴장한 탓인지 어깨가 딱딱하게 뭉쳤지만, 오늘은 제대로 공부해야겠다고 마음먹었다. 루이의 집에서 본 광경도 어려운 수식이나 영어 단어에 집중하면 잊을 수 있을 것이다. 그래도 역시 루이의 방에서 본 것이 내 눈앞에 떠올랐다가 사라졌다.

늘 그렇듯 급식 시간이 왔다. 구라하시는 뭔가 묻고 싶은 표정인데 꾹 참는 것처럼 보였다. 같은 단지 경비원으로서 말해야겠지만, 무엇부터 말하면 될지 모르겠다. 나는 집에서 가지고 온 빵 봉지를 들고 말없이 그저 앉아 있었다.

"미카게, 왜 그래?"

"……"

"단지에서 무슨 일 있었지? 시체를 발견했다면서. 아까 우리 가게에 온 손님이……."

무짱이 거기까지 말했을 때, 내 입에서 으아앙, 하는 소리가 나왔다. 내가 어린애처럼 울음을 터뜨렸다는 걸 깨달은 것은 그보다 조금 뒤였다. 구라하시와 무짱뿐 아니라 교실에 있는 모두가 내 얼굴을 봐서 귀까지 새빨개졌다. 구라하시가 반듯하게 다림질한 손수건을 내밀었는데 나는 고맙다고만 하고 그걸 받지 않았다. 나는 고개를 숙이고 무짱과 구라하시만 들리게 조용한 목소리로 말했다.

"……그거 우리 집 아래층이야. 발견된 건 아마, 루이라는 애의 엄마……. 루이가 집에 뛰어 들어가서 나도 쫓아갔는데 그러다가……."

"으악, 어떡해. 그걸 봤어?"

나는 고개를 끄덕였다.

"그래서 어땠어, 그 시체는?"

"무짱!" 드물게도 구라하시가 언성을 높였다. 힉, 목 안에서 소리가 나왔다. 시체가, 그보다는 목숨을 잃은 사람의 몸이 그런 식으로 된다는 걸 전혀 몰랐다. 구라하시가 전에 요즘 시체는 썩지 않는다고 했는데 그건 잘못된 정보였다.

썩지 않는다면 그런 냄새가 날 리 없다. 그런 색이, 그런 형태가 될 리 없다. 또 눈앞에 생생하게 그 시체의 냄새가 되살아나서 위장이 메슥메슥했다. 나는 교실에서 나와 화장실로 갔다. 복도 제일 안쪽에 있는 화장실은 불이 켜져 있어도 늘 어두컴컴하다. 왠지 무서워서 가능하면 쓰지 않았지만 오늘은 그러지 못하겠다. 나는 제일 가까운 칸으로 뛰어 들어가 변기에 고개를 박고 토했다. 그러나 토할 게 별로 없어서 그저 목구멍을 태울 듯한 위액이 나올 뿐이다. 후욱, 숨을 내쉬고 휴지로 입을 닦고 칸에서 나왔다. 입을 헹구고 손을 씻고 화장실을 나섰다. 그러자 어두운 복도에 내 가방을 들고 배낭을 멘 무짱이 서 있었다.

"아까는 이상한 걸 물어서 미안해. 오늘은 그냥 땡땡이치자. 그래도 선생님한테는 조퇴하겠다고 말하고 왔으니까."

괜찮으냐고 굳이 묻지 않고 다른 말을 하는 면이 무쨩답다고 생각했다. 우리는 같이 학교 밖으로 나왔다. 무쨩이 내 녹슨 바구니 자전거에 탔다.

"내가 몰 테니까 미카게, 뒤에 앉아"라고 말했다. 나는 고개를 끄덕이고 뒤의 짐칸에 앉았다.

"이 자전거, 그만 새로 사지 그러니?"라고 말하며 무쨩이 있는 힘껏 자전거 페달을 밟았다. 삐걱삐걱 이상한 소리를 내면서도 자전거가 달려갔다. 가는 도중 번화가에 서 있던 남자가 우리를 보고 뭔가 상스러운 소리를 했는데, 무쨩이 "시끄러워!"라고 외치면서 그대로 달렸다. 무쨩이 엄청난 속도로 페달을 밟아서 나는 떨어지지 않게 무쨩의 셔츠 허리 쪽을 필사적으로 움켜쥐었다.

내가 사는 단지로부터 점점 멀어져서 어디로 가는지 걱정이었는데, 무쨩이 내가 걱정하는 걸 알아차렸는지 "집에 갈 때 자전거로 바래다줄 거야!"라고 큰 소리로 외쳤다.

10분쯤 달려 도착한 곳은 한글이 적힌 작은 술집이었다. 무짱은 아무렇지 않게 가게 앞에 내 자전거를 세웠다.

"어, 무짱, 나 돈 없어!"

"여기 우리 집이야. 주스 정도는 먹여줄 수 있어!"라며 무짱이 큰 소리로 말했다. 무짱이 오래된 문을 열고 "다녀왔습니다"라고 말하자, 바 형식의 카운터 안쪽에 선 무짱과 키가 비슷한 아줌마가 우리 둘을 봤다. 무짱과 얼굴이 똑같이 생겼다. 아마도 엄마이리라고 짐작했다. 가게는 카운터와 작은 테이블이 하나 있을 뿐이고, 그 테이블에는 나이 든 아저씨 두 사람이 마주 앉아 있었다.

"아, 안녕하세요……." 내가 인사하자 얼굴이 반들반들한 아줌마가 "소윤이 친구?"라고 물었다.

무짱의 이름은 요시미지만, 소윤도 무짱의 이름일 것 같아서 나는 "네……" 하고 작게 대답했다. 아줌마는 나를 보고 생글생글 웃었다. 분명 좋은 사람일 것 같았고, 진짜 무짱의 엄마구나 싶었다.

무짱이 카운터 안쪽으로 들어가 손을 씻고, 아줌마가 만든 음식을 아저씨들이 앉은 테이블로 옮겼다. 아저씨들이 내가 모르는 말로(아마도 한국어) 무짱에게 말을 걸었다. 무짱도 한국어로 아저씨들에게 대답했다.

아저씨가 마지막에 "학교만큼은 제대로 다녀야 한다"라고 한 일본어만 알아들었다. 무짱이 "알았다고요!"라고 일본어로 대답했다.

멍청하게 선 나에게 무짱이 "2층에 가자"라며 카운터 안쪽의 어둑어둑한 계단을 가리켰다. 아줌마가 또 무짱에게 한국어로 뭐라고 말했고, 무짱이 "응!" 하고 일본어로 대답했다. 나도 아줌마에게 인사하고 계단을 올라가는 무짱을 쫓아갔다.

학교 친구의 집에 오다니, 태어나서 처음 해보는 경험에 내 머리는 평소보다도 더 멍했다. 2층은 내 상상보다 넓었다. 다섯 평에 못 미치는 다다미 열 장 크기의 거실에 두 개의 방이 있는지 문손잡이가 나란히 두 개 보였다. 아줌마와 무짱의 방일까. 집 안을 두리번거리면 실례라고 생각하면서도 거실 구석에 있는 부엌에 놓인 어른 한 명이 들어갈 정도로 커다란 냉장고나 벽에 달린 텔레비전(저렇게 큰 텔레비전은 태어나서 처음 봤다!)에 시선이 갔다. 거실 중앙에는 아주 무거워 보이는 까만 테이블이 있고, 그 위에 귤이나 사과가 든 바구니가 있었다. 무짱이 손 씻을 곳을 안내해줘서(거기에는 평생 써도 다 쓰지 못할 화장품이 비좁게 놓여 있었다) 나는 좋은 냄새가 나는 비누로 손을 씻고 입을 헹궜다. 거실로 돌아오자, 무짱이 테이블 위에 놓인 잔 두 개에 페트병에 든 콜라를 따르고 있었다. 빤히 보면 안 된다고 스스로 되뇌면서도 방 어딘가로 시선이 날아갔다. 커튼이 쳐진 창문 옆에 작은 책장이 있고, 십자가 옆에 젊은 남자 사진이 놓였다. 눈 주변이 역시 무짱과 비슷했다. 사진 쪽으로 고개를 돌리고 있었더니 무짱이 말했다.

"저 사람은 아빠. 내가 어렸을 때 돌아가셨어."
"그렇구나……. 우리 집이랑 같다."

무짱이 후후 웃더니 테이블 옆에 앉으라고 말했다. 나는 권하는 대로 차가운 콜라를 마셨다. 무짱, 한국인이었어? 이렇게 물어보고 싶었지만 가만히 있었다.

무짱이 "조금 있으면 엄마가 뭐 가지고 올 거야. 배가 너무 고파. 학교 급식, 양도 적고 맛이 없잖아"라고 말한 뒤, 아뿔싸 하는 표정을 짓더니 얼굴을 찌푸리며 "뭐, 평범한 급식이지만" 하고 덧붙였다. 내가 급식을 먹고 싶어 하면서도 늘 참는다는 걸 떠올렸겠지. 무짱이 텔레비전을 켰다가 재미있는 방송이 없다는 걸 알고 텔레비전을 뚝 껐다. 계단에서 발소리가 들렸다. 아줌마가 쟁반에 요리를 잔뜩 담아 2층으로 올라왔다.

"가게에서 내는 것뿐이다만"이라고 하며 아줌마가 테이블 위에 요리를 척척 차렸다. 본 적도 없고 먹어본 적도 없는 요리가 순식간에 테이블을 가득 채웠다. 접시를 다 놓은 뒤, 아줌마는 "소윤이가 친구를 데리고 오다니……"라고 말하며 걸치고 있던 앞치마 끝으로 눈물을 쓱 훔쳤다.

"우리 애는 정말 좋은 애야. 그러니까 오래오래 친하게 지내주렴."

"알았어, 알았어, 알았다고!" 하고 무짱이 아줌

마에게 손짓해서 쫓아냈다.

"무짱이 좋은 사람인 거 알아요. 무짱과 계속 친구로 지내고 싶어요."

내가 말하자 아줌마가 또 눈물을 훔쳤고, 무짱의 얼굴이 새빨개졌다.

"자, 마음껏 먹으렴. 입에 맞을지는 모르겠지만……."

"네. 고맙습니다. 잘 먹겠습니다." 나는 은젓가락을 쥐었다.

"푹 쉬다 가렴." 아줌마가 그렇게 말하고 가게로 내려갔다.

"와, 대단하다"라고 말했지만 조금 전에 토한 나는 별로 식욕이 없었다.

"무리해서 먹지 않아도 돼. 이거, 미역국이라면 먹을 수 있을까?"

무짱이 그러면서 은순가락으로 국을 떠 내 입에 넣어주었다.

"맛있다……." 진심에서 나온 말이었다. 배가 작게 꼬르륵 울었다. 소리가 난 순간, 그런 비참한 광경을 봤는데도 배가 고픈 내가 싫어졌다. 기분은 가라앉았는데 몸은 정직하다. 나는 권하는 대로 눈앞의 요리를 먹었다. 조금씩밖에 먹지 못했는데 무짱의 엄마가 만들어준 요리는 전부 맛있었다. 하나같이 태어나서 처음 먹어본 요리여서 혀와 위가 깜짝 놀랐는데, 먹고 나서 기분이 나빠지지 않았다. 무짱도 많이 먹지 않았고, 내가 음식을 삼킬 때마다 마치 엄마라도 된 것처럼 고개를 끄덕였다.

"무짱 집은 멋지다. 다정한 엄마가 계시고 가게도 하고. 게다가 요리도 이렇게 많고. 이렇게 맛있는 거, 나 처음 먹어봐. 갑자기 무짱 집에 왔는데 이렇게 맛있는 걸 먹여주다니."

"먹고 싶으면 언제든 와. 이런 거라도 괜찮다면. 우리 집은 언제든 대환영이야." 무짱의 말을 들으며 나는 또 미역국을 먹었다. 마음이 뜨끈뜨끈해지는 맛이었다. 무짱이 입을 열었다.

"미카게, 나한테 묻고 싶은 거 없어?"

"묻고 싶은 거?"

"소윤이 내 다른 이름이냐는 거나, 이 요리나, 이

집도, 일반적인 일본 집과 다르잖아?"

"……." 그렇긴 한데 나는 망설였다. 왜냐하면 무짱이 제일 건드리지 않아줬으면 하는 점일지도 모르니까.

"……물어봐도 돼?"

무짱이 힘주어 입을 꾹 다물었다. 그리고 소리 없이 고개를 끄덕였다.

"무짱은 소윤이기도 하구나."

응, 하고 무짱이 한 번 더 고개를 끄덕였다.

"나, 재일 한국인이야."

무짱이 말했다.

그 말은 몇 번이나 들은 적 있다. 초등학교와 중학교에서, 그런 말로 괴롭힘을 당한 남자애와 여자애의 얼굴이 생각났다.

"한국인인데 일본에서 태어나고 자랐어. 소윤은 내 한국 이름. 내가 싫어졌니?"

"어? 왜 싫어져?" 입에 넣은 지짐이라고 하는 얇은 오코노미야키 같은 것이 목에 걸릴 뻔했다.

"왜냐하면 고작 그런 이유로 다들 날 미워했거든.

처음에는 친하게 지내다가도 내가 그렇다는 걸 알면 뒤에서 험담하기 시작하고, 갑자기 따돌리기 시작하고……. 지금까지 계속 그랬어."

"왜 무짱을 갑자기 싫어하게 되는데?"

"내가 재일 한국인이니까. 일본인이 아니니까."

"나는 무짱을 좋아하는데…… 싫어할 예정도 없는데……."

그러자 무짱의 큼지막한 눈에 눈물이 순식간에 차올랐다.

"그래도 미카게는 아무것도 모르니까 그렇지. 많은 걸 알게 되면 분명 싫어할 거야."

"많은 게 어떤 건지는 모르겠지만, 알아도 분명 싫어하지 않을 거야."

유리구슬 같은 눈물이 무짱의 뺨을 타고 미끄러져 떨어졌다. 무짱은 한바탕 운 뒤, 초등학교나 중학교에서 얼마나 지독한 괴롭힘을 당했는지 말하기 시작했다. 나도 괴롭힘당한 이야기를 지지 않고 말했다. 무짱은 이야기 하나를 끝마치면, 테이블 위의 유리 재떨이 옆에 놓인 성냥을 긋고 재떨이에 던졌다. 작은 나뭇가지 같은 성냥이 금방 불에 휩싸여 까매졌다. 그걸 보고 나는 오늘 본 시체를 떠올렸다. 예쁘게 불에 탔을까. 그런데 왠지 아직 그러지 않았을 것 같다. 무짱은 내게 시체 이야기를 묻지 않았다. 그건 고마운데, 내 머릿속에는 또 시체 풍경이 아른아른 떠돌았다. 나는 눈을 감고 그걸 머릿속에서 지웠다. 내 안에 아까부터 계속 물어보고 싶은 것이 소용돌이쳤다. 무짱이라면 알고 있을 것이다. 그래도 그런 걸 물어보면 무짱은 나를, 나나미 언니를 싫어하게 되지 않을까. 나나미 언니가 데리헤루를 한다는 걸 알면, 무짱이 이제 친구로 지내지 않겠다고 말하지 않을까. 아니야, 무짱은 그런 사람이 아니야. 마음을 정했다. 나는 손수건으로 입가를 닦고, 무릎을 꿇고 앉아 무짱을 바라보았다. 무짱이 놀라서 나를 봤다.

"어? 뭐야, 뭐야, 갑자기 왜 그래?"

"저기, 무짱……."

"응?"

"데리헤루가 뭐야?"

무짱은 내 눈을 보지 않고, 손에 든 컵을 입에 가

까이 가져갔다. 계단 아래에서 아저씨들의 말소리가 희미하게 들렸는데, 이 방은 놀랄 정도로 조용해서 무짱의 컵에서 탄산이 터지는 소리가 퐁퐁 들릴 정도였다.

무짱은 뭔가 알 거라고 짐작해서 물어봤는데, 무짱이 계속 입을 다물고 있어서 안 좋은 걸 물어봤나 하고 불안해졌다. 무짱은 은젓가락을 들어 지짐이를 하나 입에 넣고 우물우물 씹었다. 나도 지짐이를 젓가락으로 집었다. 무짱의 엄마가 만든 음식은 뭐든 다 맛있었다.

"……저기, 미카게는 왜 그걸 알고 싶어?"

"응, 그건." 언니가, 라고 말하려고 했는데 도저히 말할 수 없었다. 불편한 침묵이 이어졌다. 뭔가 말해야 하는데, 오늘 하루 너무 많은 일이 있어서 내 머리는 폭발할 것 같았다.

"설마 미카게, 그런 일을 할 생각은 아니지?"

그런 일, 이라는 말을 들을 만한 일이라는 건 알겠다.

"나는 빵 공장에서 말고는 일 못 해."

내가 대답하자 무짱이 어휴 하고 길게 한숨을 쉬었다. 언제나 시원시원하고 말이 많은 무짱인데 지금은 입이 무겁다.

"그러면 미카게는 그런 거, 모르는 게 좋을 것 같은데."

그렇게 말하고 무짱은 또 지짐이를 입에 넣었다.

"그래도 나는 모르는 게 너무 많아. 하지만 그런 걸 물어볼 수 있는 사람은 무짱뿐이어서…… 다른 친구…… 구라하시한테는 묻지 못하겠는걸."

"으음, 그러니까 미카게, 왜 그걸 알고 싶은데?"

무짱이 조금 전과 같은 질문을 했다. 무짱이 말없이 내 얼굴을 들여다본다. 무짱은 어떻게든 그 이유를 듣고 싶은 것 같았다. 그때 나는 생각했다.

조금 전에 무짱은 내게 한 가지 무짱의 비밀을 알려줬다. 내가 지금까지 몰랐던 것. 무짱이 한국인이라는 것. 그건 무짱에게 엄청난 용기가 필요한 일 아니었을까. 그렇다면 나도 한 가지, 아무에게도 말 못하는 것을 털어놔야 한다는 생각이 들었다. 공평하게. 그러지 않으면 나만 무짱의 비밀을 떠안은 셈이니까 균형이 맞지 않다. 그러니까 나는 과감하게 말했다.

"우리 언니가…… 나나미 언니가……."

또 눈물이 촉촉하게 차올랐다. 오늘은 눈물이 자꾸만 난다. 분명 그런 날이다.

"나나미 언니가 그런 일을 해. 나는 데리헤루가 어떤 일인지 모르는데, 나나미 언니가 그런 일을 하니까 우리 둘이 살 수 있어. 내 아르바이트 월급은 전혀 도움이 안 되니까……. 나나미 언니는 그 일로 돈을 모아서, 그걸로 미용 학교에 가는 게 꿈이야. 조금 있으면 그만둘 수 있다고 했는데, 그래도 아직 그 일을 하고 있어……. 나는 단순히, 나나미 언니가 가게 같은 곳에서 남자랑 술을 마시는 건 줄 알았어. 하지만 데리헤루는 사실은 다른 거지. 나는 바보지만 대충 상상은 할 수 있어……."

말하는 내내 무짱이 내 얼굴을 물끄러미 바라보았다. 무짱은 옆에 있던 수건으로 내 얼굴을 벅벅 닦아주었다. 조금 아프지만 꼭 엄마 같다. 수건은 섬유 유연제 덕분인지 부들부들하고 좋은 향이 났다.

"……어디까지 말해도 될지 모르겠네."

그렇게 말한 무짱이 눈을 두리번거렸다. 무짱이 뭔가 생각할 때의 습관이다. 무짱은 잔에 입을 대고 콜라를 꿀꺽 마셨다.

"미카게가 걱정할, 최종적인 일은 안 하는 거, 그건 알아?"

나는 고개를 끄덕였다.

"겉으로만 그럴지도 모르겠는데 그건 금지니까. 하는 사람도 있을 수 있는데 원래 하면 안 돼……. 호텔 같은 곳의 침대에서 남자랑 지내는 그런 일…… 이렇게 말하면 알까?"

다시 응, 하고 끄덕였지만 심장 주변이 따끔따끔 아파왔다. 지금, 바로 이 순간, 나나미 언니가 모르는 남자와 어딘가의 호텔에서 지낼지도 모른다고 생각하자 머릿속 혈관이 툭 터질 것 같았다. 학교를 땡땡이 치고 무짱의 따뜻한 집에서 맛있는 밥을 얻어먹은 내가 꼭 벌받을 짓을 하는 것 같았다. 또 눈물이 샘솟았다.

"빨리 그만두면 좋겠는데, 나나미 언니가 그 일을 그만두면 나랑 나나미 언니는 밥을 못 먹어. 내가 더 건강해서 일할 수 있으면 좋은데……."

"미카게, 그런 생각은 하면 안 돼."

나를 보는 무짱의 눈이 조금 무서워졌다.

"언니가 기간 한정으로 한다면……."

거기까지 말한 무짱은 입을 다물었다. 또 눈을 두리번거리며 뭔가 생각했다. 나는 무짱의 말을 기다렸다.

"저기, 미카게, 나는 그런 일을 하는 사람을 멸시해서 이런 말을 하는 게 아니야. 그건 알아줄래? 미카게의 언니도, 미카게도 절대로 무시하지 않고, 남한테 말하지도 않을 거야. 구라하시한테도 말 안 해."

"응……."

"그래도…… 힘든 일인 건 분명해. 엄마 가게에도 그런 언니들이 올 때가 있어……. 다들 좋은 사람들인데 역시 되게 지쳐 보여. 별로 먹지는 않고 술만 마시는 사람도 많고, 게다가 한 명은 예전에."

또 무짱이 입을 다물었다. 나는 계속 기다렸지만, 무짱은 그다음은 아무리 기다려도 말해주지 않았다. 그래도, 그래도 괜찮았다. 나나미 언니가 하는 데리헤루라는 일이 얼마나 힘든지 알았으니까.

"무짱, 이런 거 물어봐서 미안해."

"아니야, 당연히 괜찮지. 미카게보다 아주 조금은 이 세상을 알고 있으니까. 그래도 언니, 힘들겠다."

"나처럼 덜떨어진 동생이 있어서 그래. 사실은 내가 좀 더 시급 높은 일을 할 수 있으면 좋겠는데. 그런데 나, 무짱처럼 편의점에서 일하지도 못해서."

"덜떨어졌다는 말은 하면 안 돼. 또 미카게, 전혀 덜떨어지지 않았어."

무짱의 표정이 무서워졌다. 목소리도 조금 떨렸다.

"나, 그 말 진짜 싫어. 초등학생 때도, 중학교에 갔을 때도, 같은 반 애들한테 그런 소리를 들었어. 언제더라, 엄마 가게 앞을 청소하는데 모르는 아저씨한테 그 말을 들은 적도 있어……."

무짱의 눈가가 조금 벌게졌다.

"일본인이 아니라서 그런 말을 듣는 거지."

그 말을 한 다음, 무짱이 또 으앙으앙 어린애처럼 울어서 놀랐다. 나는 아까 무짱이 내 얼굴을 닦아준 수건을 뒤집어서 무짱의 눈물이 흐른 흔적을 닦았다. 무짱은 평소 쉽게 우는 사람이 아니고, 우는 무짱을 본 건 오늘이 처음인데, 조금 안심도 된다. 무짱도 우는구나 싶어서.

"무짱을 그렇게 말하는 사람은 바보야. 나는 엄청 겁쟁이지만 다음에 무짱이 그런 말을 듣는 걸 보면, 내가 뭐라고 해줄 거야. 무슨 말을 하면 되는지도 모르겠고 무섭지만, 그래도 말할 수 있어."

내가 말하자 무짱이 또 울었다.

한바탕 운 무짱은 운 만큼 수분을 보충하려는 듯이 콜라를 꿀꺽꿀꺽 마셨다.

"저기, 미카게한테 부탁이 있어."

"어, 뭐야?"

누가 부탁하는 거, 태어나서 처음이었다. 기뻐서 목소리가 뒤집혔다.

"나도 단지 경비원에 넣어줄래?"

"어?"

"왕따당하는 것 같아서 싫단 말이야. 중학생 때 생각이 나서. 구라하시는 미카게를 좋아하니까 단지 경비원이 됐겠지만 나도 셋이 같이 있고 싶어."

"구라하시?"

"그래, 구라하시는 미카게를 좋아해."

"설마, 그럴 리가 없잖아……." 말하면서도 귓불이 화르르 뜨거워졌다. 정말로 그럴 리가 없는데…….

"미카게는 정말 아무것도 모르는구나."

"아무것도 모른다니……."

"뭐, 지금 그건 됐고, 그런데 단지 경비원, 나라도 할 수 있겠지?"

"그야 할 수 있지만 무짱, 전에 말했잖아. 아르바이트비도 안 나오는 자원봉사 같은 거라고. 게다가 무짱은 편의점 아르바이트가 있잖아."

"한 시간 정도라면 어떻게든 돼. 게다가."

"게다가……?"

"시체를 발견하는 일도 생기잖아? 재미있을 것 같아!"

말문이 꽉 막혀서 나는 눈을 감아버렸다. 또 오늘 본, 아마도 루이의 엄마일 그 시체의 모습이 생생하게 되살아났다.

나도 무짱과 같은 마음이었다. 시체를 보고 싶었다. 그러니 무짱을 비난할 수 없다. 그래도 진짜 시체는, 제대로 설명하지 못하겠지만 내가 생각한 것보다 훨씬 끔찍하고 비참해서, 거기 있는 몸에 생명이 있었고 지금 나처럼 누군가와 대화하거나 뭔가 먹었을 거라는 생각이 도저히 들지 않았다. 거기 있었던 것이 정말로 루이의 엄마였다면, 살아 있는 동안 루이에게 밥을 먹이고 옷을 갈아입혔을 것이다. 나나미 언니는 루이 엄마에게 반찬을 받았다고 말했다. 기억은 못 하지만 나도 그 사람이 만든 음식을 먹었을 것이다. 우리 집 아래층에 살았는데도. 나는 루이와 만나면 빵을 주고 어딘가에서 다쳐 온 상처에 반창고를 붙여주기만 하고 그 이상은 해준 것이 없다. 그런데도 좋은 일을 했다고 자부하기까지 했다. 좀 더 빨리 루이의 집에 가서, 루이 집 사정을 알았다면 내가 할 수 있는 일이 더 있지 않았을까……. 내가 좀 더 빨리 단지 경비원 일을 시작하고, 젠지로 할아버지와도 좀 더 빨리 만나서, 아랫집이 이상하다고 의논했다면, 그런 일이 생기지 않았을 것이다. 내가 해준 일 따위 한참,

한참 부족했다. 나 혼자서라도 루이의 집 문을 열어야 했다. 그러지 않았으니까 루이는 (아마) 혼자가 되었다.

젠지로 할아버지만이 아니라, 젠지로 할아버지와 나만이 아니라, 젠지로 할아버지와 나와 구라하시만이 아니라, 거기에 무짱이 더해진다면, 루이 같은 아이나 할아버지와 할머니를 구할 수 있을지도……. 만에 하나 내가 천식으로 쓰러졌을 때도 무짱이나 구라하시가 있으면 안심할 수 있다. 그야 무짱의 동기는 조금 불순하지만. 나도 그랬다. 사람이, 멤버가 많아지면 젠지로 할아버지의 부담도 조금은 줄어들지도 모른다.

나는 눈을 떴다. 무짱이 내 얼굴을 물끄러미 보고 있었다. 나는 눈앞의 요리 접시를 봤다. 조금 전 "얘는 정말 좋은 아이야"라며 울던 무짱 엄마의 얼굴이 생각났다. 보답이라고 생각하는 건 이상할지 모르지만, 무짱이 그렇게 말한다면 무짱의 희망을 하나 이루어주고 싶었다.

"……젠지로 할아버지한테 물어볼게."

"신난다!" 무짱이 앉은 채로 몸을 흔들었다.

"그래도, 그래도 무짱, 재미있는 일 하나도 없어. 오늘은 그런 일이 있었지만 평소에는 할아버지랑 할머니가 사는 집에 갈 뿐이고……."

나는 목소리를 낮춰 말했다.

무짱의 들뜬 기분을 탓할 마음도 없었다. 단순히 생각한다면 내게도 학교가 아닌 곳에서 (그게 단지 경비원이라도) 셋이 같이 있는 시간이 생긴다면 기쁜 일이었다.

벽시계를 보자 학교가 끝날 시간이 가까워졌다. 내가 집에 가겠다고 하자, 무짱이 부엌에서 밀폐 용기를 잔뜩 가지고 와 젓가락을 대지 않은 요리를 정갈하게 담아주었다.

"별로 맛은 없지만 언니랑 같이 먹어."

무짱이 내 눈을 보지 않고 말했다.

"무슨 소리야! 전부 맛있었어."

그러자 무짱이 평소의 얼굴로 히죽 웃었다. 계단을 내려가 무짱의 엄마에게 인사하자, 귤과 사과를 담은 묵직한 비닐봉지를 받았다.

"또 놀러 오렴. 언제든 와도 돼."

그 말을 듣자, 가슴 안에 등불이 반짝 켜진 기분이었다. 기뻤다. 무짱과 무짱의 엄마가 내게 마음 써주는 것이. 단지에 사는 할아버지도 할머니도, 나나 젠지로 할아버지나 구라하시에게 (반강제로) 포카리스웨트나 빵을 받을 때 이런 기분이면 좋겠다고 생각했다.

"단지까지 바래다줄게." 무짱이 말했지만, 그러면 돌아올 때 무짱이 혼자니까 미안하다. 그래서 내가 아는 큰길까지만 바래다 달라고 했다. 이상하게 무짱과 헤어지기 싫어서(내일도 학교에서 만나지만. 그래도 무짱 역시 어쩌면 같은 마음일지도 모른다), 올 때처럼 둘이 타지 않고 무짱이 자전거를 밀며 나란히 걸었다.

나는 평소 환락가를 빠른 속도로 달려서 빠져나오기 때문에 사실 여기에 뭐가 있는지 모른다. 휘황찬란한 네온사인, 약간 술이 쉰 것 같은 냄새, 어디선가 들리는 커다란 음악이 뒤섞여서 이 근처에 숲속 같은 단지가 있다는 게 믿어지지 않았다. 유흥주점이나 비즈니스호텔, 러브호텔이 이어지고, 조금 무서운 남자나 이런 곳에서 뭐 하나 싶은 여자가 길모퉁이에 서 있었다. 다들 나와 무짱을 보고 실실 웃으며 뭔가 상스러운 소리를 하거나 마치 없는 사람처럼 무시하거나 둘 중 하나였다. 무섭지만 무짱과 같이 있으니까 괜찮다고 생각하며 길을 걸었다.

그때, 길에 세워진 봉고차에서 한 여성이 훌쩍 나오더니 표정 없이 비즈니스호텔로 들어갔다. 외모는 전혀 다르나 나나미 언니 정도 나이로, 얼굴이 예쁜 점도 비슷했다. 무짱의 걸음이 멈췄다.

"응? 왜 그래?"

"……아니, 아무것도 아니야."

무짱은 그 말만 하고 다시 천천히 걸었다.

"좋겠다! 데리헤루! 나도 부르고 싶어!"

내 뒤에서 남자의 상스러운 소리가 들렸다. 뒤를 돌아보았다. 회사원인지 뭔지 알 수 없지만 양복을 입은 남자였다. 남자는 아직 서 있는 봉고차를 가리키며 옆에 선 남자와 실실대며 뭔가 말했다. 내 걸음이 멈췄다. 봉고차와 데리헤루가 어떤 관계인지 나는 모른다. 혹시 저 안에 데리헤루 일을 하는 사람이 타고 있을까? 앞서 걷던 무짱이 걸음을 멈추고 나를 봤다. 무짱은 내가 무슨 생각을 하는지 알았나 보다. 아니라는 듯이 무짱이 고개를 저었다.

"자, 이제 곧 큰길이야. 조금 남았어."

그렇게 말하며 무짱이 자전거를 끌고 걸었는데, 나는 무짱에게 달려가 팔을 붙잡고 물었다.

"저기…… 무짱, 데리헤루 일을 하는 사람은 저런 차를 타고 호텔까지 가는 거야?"

무짱은 나와 시선을 마주하지 않았다. 그때 바람이 휙 불었다. 무짱의 짧은 앞머리가 바람에 날리는 것을 나는 묵묵히 바라보았다. 무짱은 계속 땅을 보고 있다. 한참 말이 없던 무짱은 마침내 입을 열었다.

"있지, 아까 까만 차가 있었지. 호텔 옆에."

"응."

"그거, 아마……."

"……."

"데리헤루 아가씨들이 탔을 거야. 손님이 지정한 호텔로 데려다주는 거야. 가게 사람이."

"엇……."

나나미 언니는 지금 어디에 있을까. 누구와 어디에서 뭘 하고 있을까. 그걸 생각하자 또 울고 싶어졌다.

나는 그날 밤, 자지 않고 나나미 언니가 돌아오기를 기다렸다.

나나미 언니는 까만 봉고차에 태워져서 손님이 지정한 호텔로 간다. 최종적인 일은 안 하지만, 손님과 침대에서 함께 시간을 보낸다. 무짱이 해준 말과 오늘 내가 본 것을 정리하면 이렇게 된다. 하지만 생각하면 할수록 나나미 언니에게 너무 힘든 일을 시키는 것 같아서 눈물이 났다.

나나미 언니는 언제나 내가 잠들었을 때 돌아오니까 사실은 너무 졸렸지만 어떻게든 버텼다. 인스턴트커피를 뜨거운 물에 타서 마셔보았다. 언제 샀는지도 진즉에 까먹은 인스턴트커피 알맹이가 병 바닥에 굳어 있어서 그걸 숟가락으로 긁어내 머그잔에 담았다. 물을 부었는데 너무 쓰고 진해서 급하게 설탕을 넣었다.

새벽 1시를 지난 밤의 단지. 전에 천식 때문에 깼을 때는 더 늦은 한밤중이어서 쥐 죽은 듯이 고요했는데, 오늘은 아직 이런저런 소리가 들렸다. 누군가 집에 돌아와서 문을 열었다 닫는 소리. 남자와 여자가 서로 고함치는 소리. 희미하게 들리는 아기의 울음소리……. 텔레비전이나 라디오의 큰 소리. "시끄러워!"라고 누가 외치는 소리. 내가 자는 동안, 단지도 죽은 듯이 자는 줄 알았는데 착각이었다.

단지는 밤에도 살아 있다. 테이블에 엎드려 꾸벅꾸벅 졸면서 나는 그런 소리들을 들었다.

또각또각, 나나미 언니의 발소리가 들린 것 같았다. 나는 허둥지둥 일어났다. 문을 여는 소리가 난다. 나는 반쯤 잠든 상태다. 몸이 잘 움직이지 않는다. 나나미 언니가 부엌 싱크대 위의 알전구를 반짝 켜더니, 놀란 얼굴로 나를 봤다.

"뭐야? 미카게, 자고 있었어야지!"

"수, 숙제가 안 끝나서, 그랬더니 잠이 안 와서……."

나는 횡설수설 말했다.

"아아……. 오늘은 아랫집 일도 있었으니까…….
미카게, 겁이 많으니까."

그러면서 나나미 언니가 내 머리를 쓰다듬었다. 나나미 언니가 내게 다가오자 살짝 소독약 같은 냄새가 나는 것 같았다.

"이거 케이크." 나나미 언니가 작고 하얀 상자를 내밀었다.

"어?"

"이제 곧 생일이잖아?"

그러고 보니 이번 주말과 다음 주말이 나와 나나미 언니의 생일이다. 우리 둘 다 9월에 태어났다. 그래도 오늘은 아니다. 왜 오늘이지? 어디에서 샀을까? 궁금해하면서도 나는 나나미 언니에게서 케이크 상자를 받았다.

생일은 까맣게 잊고 있었다. 태어나서 지금까지 생일 축하를 받은 적이 거의 없다(오늘처럼 나나미 언니가 변덕스럽게 축하해줄 때도 있는데, 나나미 언니에게 여유가 있을 때만 그런다. 작년에는 그냥 똑같은 평일이었다).

나는 받은 상자를 살짝 열어보았다. 딱 봐도 비

싸 보이는 케이크가 두 종류 들어 있었다. 이렇게 말하면 안 되지만, 내가 공장에서 만드는 딸기롤케이크가 꼭 초등학생의 만들기 작품 같다. 이 케이크는 왠지 외국인이 만들었을 것 같다. 파티시에라고 불리는 그런 사람이.

나는 무짱의 엄마가 준 몇 개나 되는 밀폐 용기를 내밀었다.

"이건 뭐니?"

"학교 친구 엄마가 가게를 하는데, 친구가 줬어……. 먹으라고."

"호오."

오늘 학교를 땡땡이치고 무짱 집에 간 건 절대로 말하지 않는 게 좋겠지.

"다 맛있어 보인다!"

"전부 맛있어."

나나미 언니가 색이 빨간 치킨을 집었다.

"진짜 맛있어!"

나나미 언니가 맛있다고 하며 웃어줘서 나는 정말 기뻤다.

오늘 돌아오는 길에 본 까만 봉고차. 거기에서 나온 여자. 그걸 떠올리자 또 가슴속에 안개가 싹 낀 것 같았지만, 지금은 그저 맛있게 치킨을 먹는 나나미 언니를 보고 싶었다.

"오늘은 미카게도 아직 안 자고, 이렇게 맛있는 것도 있고. 아예 우리 오늘 생일 파티를 해버리자." 그러더니 나나미 언니가 부엌에 가서 두 명분의 작은 접시와 포크를 가지고 왔다. 접시에 케이크를 하나씩 담았다. 크림이 새하얀 케이크와 초콜릿케이크.

"미카게, 좋아하는 거 먹어."

"응." 평소처럼 대답했지만, 나나미 언니의 일이 어떤 건지 알아버린 지금은 케이크를 먹어서 기쁘다는 마음이 아득해졌다. 그래서 "나나미 언니부터 골라"라고 말할 수밖에 없었다. 나나미 언니가 의아한 표정을 지으면서도 초콜릿케이크를 골랐고, 내 앞에 크림케이크를 놓아주었다. 나나미 언니가 일어나 싱크대 아래 서랍에서 부스럭 소리를 내며 뭔가 찾았다.

"있다!"

테이블로 돌아온 나나미 언니는 손에 짧고 가는

초 두 개를 쥐고 있었다. 케이크 하나하나에 나나미 언니가 초를 꽂았다. 그런 후에 가방에서 라이터를 꺼내 초에 불을 붙였다. 부엌 알전구는 켠 채, 나나미 언니가 생일 축하 노래를 부르기 시작했다. 밤이니까 작은 소리로. 나도 따라서 불렀다. 나도 나나미 언니도 음치다. 그게 재미있는지 나나미 언니가 웃음을 터뜨렸다. 나도 웃고 말았다.

"미카게, 생일 축하해."

"나나미 언니도 축하해."

작은 소리로 말하고 촛불을 끈 후, 우리는 케이크를 먹었다.

그때 문득 루이가 생각났다. 루이는 누군가가 생일을 축하해준 적 있을까. 앞으로 누가 축하해주는 날이 있을까. 그렇게 생각하자 눈가에 눈물이 맺혔다. 내가 좀 더 빨리 루이의 집 사정을 알아차렸다면 루이의 엄마도 죽지 않았을지 모르고, 루이도 시설 같은 곳에 가지 않아도 됐을지 모른다.

그리고 오늘, 무짱이 알려준 나나미 언니의 일. 내 몸이 좀 더 건강해서 아르바이트를 많이 할 수 있었다면, 나나미 언니가 데리헤루 같은 일을 안 해도 됐을 거다. 코가 아릿하게 아팠다. 뺨을 타고 눈물이 주르륵 흘렀다. 케이크를 먹던 나나미 언니가 큰 소리로 말했다.

"왜 그래? 미카게! 몸이 아직 괴롭니? 학교에서 무슨 일 있었어?"

"으응, 아니야, 그게 아니야"라고 말했지만, 내 마음을 나나미 언니에게 설명하는 건 어려웠다.

"케이크가 맛있으니까……."

사실이지만, 그래도 조금 다르다.

"겨우 이런 케이크로 울지 마! 미카게한테 더 맛있는 케이크를 먹여줄 테니까." 그렇게 말하며 나나미 언니가 내 등을 쓸어주었으나, 그걸 위해서 나나미 언니가 데리헤루라는 일을 계속하는 건 아닌 것 같다.

나나미 언니가 옆방에 가서 벽장 문을 열어 고개를 들이밀었다. 잠시 후, 나나미 언니가 통장 하나를 들고 테이블로 돌아왔다. 통장을 펼쳐 내게 마지막 페이지를 보여주었다. 거기에는 처음 보는 숫자가 적혀 있었다. 그리고 그 위에는 20만이나 30만이라고 입금

된 숫자가 적혀 있는 것이 보였다. 그것이 나나미 언니가 데리헤루를 해서 번 돈이라고 생각하자 역시 슬펐다.

"이거 봐, 미카게, 벌써 돈이 이렇게 모였어. 내년에는 미용 학교에 갈 수 있어." 그 말을 듣고 진심으로 안도했다. 학교에 간다는 건 지금 하는 일을 그만둔다는 것이니까. 데리헤루 같은 일, 나나미 언니가 평생 다시는 안 했으면 좋겠다.

"미카게, 그 전에 우선 이 단지에서 나가자."

나나미 언니가 테이블에 놓인 종이에 매직으로 뭔가 적었다.

"낡아도 괜찮으니까 나랑 미카게의 방이 있는 맨션으로 이사를 하자. 여기가 미카게 방이고 여기가 내 방." 나나미 언니는 네모를 두 개 그렸다.

"바닥은 마루고 욕조도 넓어. 지금처럼 좁고 네모난 욕조 말고 다리를 쭉 뻗을 수 있는 욕조. 세탁기도 집 안에 놓을 수 있으니까 미카게, 빨래할 때 덥거나 춥지 않아도 돼. 부엌도 번쩍번쩍하고. 미카게의 방에는 침대랑 책상을 두자. 고양이도 키우면 좋겠다······."

나나미 언니가 방 안에 고양이로는 절대 보이지 않는 어떤 동물 그림을 그렸다.

"단지에서 이사할 거야?"

나는 조금 긴장해서 물었다.

"그야 아랫집에서 시체가 발견됐잖아. 미카게도 이런 곳은 싫지?"

"······." 나나미 언니는 시체라고 말했지만 나는 이제 마음속으로 그것을 시체라고 부르지 못했다. 그건 시체가 아니라 루이의 엄마니까. 게다가 이사하면 단지 경비원은 어떻게 되지······.

"내년에는 생각해보자. 돈을 조금 더 모을 수 있을 거고. 이사하고 나서 미용 학교에 갈 거야." 나나미 언니의 목소리가 들떴다.

"그러면 나나미 언니, 지금 일은 그만두는 거야?"

"······." 나나미 언니가 매직을 쥔 채 종이에 시선을 주었다.

"나나미 언니, 그만둘 거야?"

"······일은 계속할 거야. 미용 학교에 가도 생활비는 벌어야 하니까. 그리고 미카게도 대학에 갈지도 모르고."

대학이라는 말에 펄쩍 뛸 정도로 놀랐다. 그런 미래 그림은 상상한 적도 없다. 나는 내가 평생 야간학교의 고등학생일 것 같았다. 그보다 더 충격이었던 것은 나나미 언니가 지금 일을 그만두지 않겠다고 한 것이었다.

"나는 대학에 안 가. 만약, 만약, 만에 하나 그렇게 되면 직접 아르바이트해서 갈 거야……. 언니가 미용 학교에 간다면, 지금 언니가 하는 일을 내가 해서 언니 학비를 벌 거야. 그러니까 교대하자. 지금까지는 언니가……."

"바보야!"

"바보 아니야! 나도 언니한테 뭔가 해주고 싶어."

"미카게! 이 멍청이가! 너는 그런 생각 절대로 안 해도 돼!"

"언니한테 부담만 주잖아. 그런 거 이제 싫어. 언니가 하는 일이 뭔지, 나는 바보지만 어떤 일인지 조금은 알아. 언니가 그 일을 싫어하는 것도 알아."

나나미 언니의 안색이 싹 변하는 것을 알았다.

솔직히 말하면 나나미 언니가 무서웠다. 그래도 나는 말했다.

"나, 이제 싫어. 언니한테 그런 일을 시키고 밥을 얻어먹는 게. 내 몸은 튼튼하지 않고, 금방 발작을 일으키고, 머리도 좋지 않으니까 어려운 아르바이트도 못 해. 내가 언니 동생이 아니었다면 언니는 더 제대로 된……."

말을 마치기도 전에 내 뺨으로 나나미 언니의 손바닥이 찰싹 날아왔다. 아프지 않았지만 놀라서 눈물이 났다. 나나미 언니에게 맞은 건 예전에 마트에서 물건을 훔쳤을 때 이후로 처음이었다.

"제대로 됐거든! 매일, 매일 제대로 잘 살고 있다고! 빌어먹을 일이지만 제대로 하고 있어. 너는 그런 일 못 해. 시킬 것 같아? 내 소중한 여동생한테!"

나나미 언니는 어느새 일어나서 울고 있었다.

"세상에 단 한 명뿐인 가족한테 그런 일을 시킬 것 같아? 네가 좋아하는 공부를 하게 해주고, 좋아하는 일을 하게 해주고, 대학도 가고 싶다고 하면 보내

줄 거야. 평범한 가정의 애들처럼. 그러기 위해서라면 나는 어떤 일이든 견딜 수 있어. 지저분한 일은 나만 하면 충분해. 그러니까 부탁이니까 내 일을 하겠다는 소리, 절대로 하지 마!"

나나미 언니의 엄청난 서슬에 눌려 나는 고개를 끄덕이고 말았다. 하지만 나나미 언니가 내게 해준 말은 사실 아빠나 엄마가 할 말이고, 나나미 언니는 내게 부모 대신이니까 어쩔 수 없겠지만, 그 말은 사실 나나미 언니가 듣고 싶은 말일지도 모른다고 생각했더니 가슴이 납작해진 것처럼 슬펐다. 나와 나나미 언니가 정말로 이 세상에 단둘이 살아간다는 걸 새삼스레 알게 된 기분이었다.

나나미 언니는 무시무시한 기세로 남은 케이크를 먹었다. 그리고 세수도 하지 않고 이도 닦지 않고, 옆방에 가서 깔아놓은 이부자리로 파고들었다.

"나나미 언니, 미안해……." 그렇게 말했지만 나나미 언니에게서는 대답이 없었다. 나는 살그머니 미닫이문을 닫았다. 혼자서 남은 크림케이크를 먹었다. 벌써 새벽 2시가 다 됐다. 단지는 아주 고요했다. 이제 아무런 소리도 나지 않는다. 세상에 나만 살아 있는 것 같아서 나는 허둥지둥 케이크를 입에 쓸어 넣고 세면대에서 이를 닦았다. 조용히 요를 깔고 나나미 언니 옆에 누웠다. 규칙적인 숨소리가 들렸지만 나나미 언니가 깨어 있을지도 모른다고 생각했다. 힘든 일을 마치고 돌아왔을 나나미 언니가 잠도 못 잘 정도의 소리를 했다고 생각하자 또 눈물이 맺혔다. 나나미 언니가 날 미워하면 나는 살아갈 수 없어……. 내일 또 사과해야지. 그렇게 생각하며 나는 눈을 감았다.

이틀 후인 목요일은 단지 경비원 일을 하는 날이었다.

나는 나나미 언니가 자는 걸 확인하고 살그머니 집에서 나왔다. 모이는 곳에 구라하시와 어째서인지 벌써 무짱이 있었다. 무짱은 가슴에 이미 '소윤'이라고 적힌 노란색 별 모양 배지를 달았고 등에 무거운 배낭을 메고 있었다.

"미카게, 늦었다!" 나는 젠지로 할아버지에게 혼났다.

"죄송합니다!" 내가 고개를 숙이자, 무짱이 나를 보며 싱글벙글 웃었다.

젠지로 할아버지가 노인답지 않은 속도로 걸어가서 필사적으로 쫓아갔다. 무짱이 소곤거리는 목소리로 말했다.

"어제 구라하시한테 라인으로 메시지 보내서 부탁했어."

"엑." 무짱, 그렇게까지 단지 경비원을 하고 싶었다니, 라는 생각이 들었는데, 젠지로 할아버지가 허락한 것에도 조금 놀랐다. 노란 별 모양 배지를 단 무짱은 기뻐 보였다. 아무튼 나와 구라하시와 무짱은 그렇게 정식 단지 경비원이 되었다. 하는 일은 평소와 다르지 않다. 셋이서 B동의 걱정되는 집을 돌아보고 (구라하시가 만든 표 비슷한 게 큰 도움이 되어서 나와 젠지로 할아버지 둘이 다닐 때처럼 방문해야 하는 집을 지나치는 일이 사라졌다), 상황에 따라 할아버지나 할머니에게 포카리스웨트와 빵을 줬다. 2층의 루이 집 앞에는 여전히 노란 테이프가 쳐졌다. 젠지로 할아버지는 그 일에 대해 아무 말이 없다. 나도 물을 수 없었다.

단지에는 당연히 엘리베이터가 없으므로 전부 계단으로 오르내렸다.

"생각보다 힘드네, 이 일?" 무짱이 입술을 삐죽였다. 구라하시가 "아, 아직, 아직 반도 둘러보지 않았어"라고 하자 무짱은 "하나도 안 지쳤거든!"이라며 계단을 두 단씩 올라갔다.

그래도 어떻게든 들러야 할 집을 다 둘러보고, 다시 늘 모이는 곳에서 해산했다. 무짱과도 구라하시와도 이후 또 학교에서 만난다고 생각하니까 기뻤다. 꼭 동아리 활동 같다. 보통 수업을 먼저 받고 동아리 활동을 하는 데 반해, 우리는 순서가 반대지만.

나는 배낭을 멘 채 우리 집 문을 살그머니 열었다. 경비 일을 하러 가기 전에 문을 잠갔는데 이상하다고 생각하며 그래도 안으로 들어갔다. 내 눈에 개처럼 집 안을 이리저리 돌아다니는 나나미 언니 모습이 들어왔다.

"없어. 없어. 어디에도 없어!"라고 외치면서.

나나미 언니는 테이블을 들었다가 이불을 들었다가 벽장에 고개를 틀어박고 뭔가를 찾았다. 내가 처음 보는 배낭을 멘 것도 알아차리지 못했다. 나는 배낭을 바닥에 내려놓고 나나미 언니에게 달려갔다.

"나나미 언니! 언니!"

몇 번을 불러도 나나미 언니가 내 얼굴을 보지 않았다. 나는 나나미 언니의 팔을 붙잡고 비명을 지르는 것처럼 큰 소리로 말했다.

"나나미 언니! 뭐가 없는데?"

속옷 차림인 나나미 언니가 바닥에 철퍼덕 주저앉아 나를 올려다보았다. 그 눈에 순식간에 눈물이 차오르더니 뺨을 타고 흘렀다.

"토, 통장이랑 인감이랑 카드가 없어어어어어!"

나나미 언니의 울음소리가 내 고막을 떨게 했다.

"언니, 진정해!"

나도 모르게 고함을 지르는 것처럼 크게 외쳤지만, 나나미 언니의 비명은 그칠 줄 몰랐다. 나는 활짝 열린 창문을 닫고, 역시 열려 있는 벽장에 고개를 들이밀었다. 금고 뚜껑이 활짝 열려 있었다. 정말로 거기엔 아무것도 없었다. 금고 안의 은빛이 번쩍일 뿐이다.

"언니, 경찰을 부르는 게 좋지 않아?"

나나미 언니가 왠지 고개를 가로저었다. 틀림없이 도둑이 든 거니까 얼른 경찰을 부르는 게 맞을 텐데. 그때 아, 하고 깨달았다. 아까 문을 열 때, 평소에는 열쇠로 잠그고 갔는데 열려 있었다. 즉, 누가 열쇠로 문을 열고 집에 들어온 것이다. 나와 나나미 언니를 제외하고 여벌 열쇠를 가진 누군가를 생각하기 시작했을 때, 문득 엄마의 모습이 머릿속을 스쳤다. 나나미 언니가 "그 돼지만도 못한 인간!" 하고 외친 것과 동시였다.

그러나 엄마는 이 집에서 나갈 때, 분명 이 집 열쇠를 두고 갔던 것으로 기억한다. 근처에 산다고 했지만, 엄마 주소도 모른다. 엄마가 알려주지 않고 어딘가로 사라졌으니까.

"……어, 엄마야?"

조심스럽게 나나미 언니에게 물었다.

나나미 언니의 얼굴은 눈물로 끈적끈적하게 젖었다. 언니는 다다미 위에 웅크리고 앉아 훌쩍였다.

"전에도 지갑에서 돈 가져간 적 있으니까. 그래서 금고를 샀는데……."

"어? 엄마, 여기 온 적 있어?"

나나미 언니는 그 질문에는 대답하지 않았다. 엄마는 나도 아는 그 남자와 결혼하기 위해 이 단지를 떠난 게 아니었나. 왜 지금 엄마 얘기가 나오는 건데.

나나미 언니가 스르륵 일어나 부엌으로 갔다. 그러고는 식기 건조대에 놓아둔 식칼을 손에 들었다.

"그 돼지, 죽여버릴 거야!" 나나미 언니가 식칼을 들고 밖으로 나가려고 했다. 엇, 어디에 가려고? 놀라서 생각하며 나는 나나미 언니의 몸을 필사적으로 막았다.

"이, 일단 은행이랑 경찰한테 연락하는 게 좋겠어. 내가 다녀올 테니까."

나나미 언니를 집에 가둬두려고 밖에서 열쇠로 문을 잠그고 나는 계단을 뛰어 내려갔다.

"자, 잠깐, 미카게!"

나나미 언니의 목소리가 등 뒤에서 들렸다. 스마트폰으로 연락하는 방법도 생각하지 못할 만큼 나는 허둥거렸는데, 일단 역 앞 은행과 파출소에 가려고 단지를 최고 속도로 달렸다. 숨이 찼다. 아아, 이렇게 중요한 때도 도움이라곤 안 되는 이 몸! 그렇게 생각하며 무릎에 손을 짚고 잠깐 쉬었다. 머리가 핑핑 돌았다. 그러나 빨리 은행과 파출소에 가야 한다. 이러고 있는 순간에도 나나미 언니의 거금이 이 세상에서 사라질 것 같아서 나는 급하게 달렸다. 얼굴에서 핏기가 가셨다. 폐 안쪽에서 헉헉, 쌕쌕 소리가 나기 시작했다. 눈앞이 새까맣게 물들었다. 아, 하고 생각한 순간, 그 자리에 쭈그려 앉았다. 그때 누가 어깨를 툭 쳐서 돌아보았다. 젠지로 할아버지가 서 있었다.

"미카게, 왜 그러냐?"라는 말을 듣고 완전히 울 것 같았다.

"나나미 언니, 우리 언니의 통장이랑 인감이랑 카드가 없어져서……. 그래서, 저, 은행이랑 파출소에 가야 해요."

"은행은 이미 닫았을 텐데……."

엇, 이렇게 날이 밝은데? 나는 은행이 몇 시까지 문을 여는지 몰랐다. 이대로는 나나미 언니 돈을 다른 사람이…… 엄마가 쓸 거야. 나는 당장이라도 울고 싶은 기분이었다.

"……."

젠지로 할아버지는 내 얼굴을 들여다보며 말이 없었다. 그래도 머릿속으로 뭔가 열심히 생각하는 표정이었다.

"미카게, 너희 집에 가도 되겠니?"

어어. 하지만 젠지로 할아버지가 우리 집에 오면, 나나미 언니에게 단지 경비원 일을 들킨다. 나나미 언니가 알면 무섭도록 화를 낼 게 틀림없다. 그래도 지금은 나나미 언니 돈이 더 중요하니까……. 이번에는 내 머릿속이 빙글빙글 돌기 시작했다. 꼼짝하지 않고 선 내 대답도 기다리지 않고 젠지로 할아버지가 걸음을 옮겼다. 내 호흡은 여전히 쌕쌕, 헉헉거렸지만, 허둥지둥 젠지로 할아버지의 등을 쫓아갔다.

계단을 올라간 젠지로 할아버지가 주저하지 않고 우리 집 문을 열었다. 나나미 언니는 식칼을 쥔 채 부엌 바닥에 쪼그려 앉아 울고 있었다. 나나미 언니가 고개를 들었다.

"젠 할아범……."

어? 어? 나나미 언니, 어떻게 젠지로 할아버지를

알고 있어? 젠 할아범은 젠지로 할아버지지? 나나미 언니가 젠지로 할아버지에게 달려와 또 그 자리에 쪼그려 앉아 울기 시작했다. 나는 바닥에 놓인 식칼을 부엌 서랍에 슬그머니 넣었다.

"됐으니까 우선은 은행에 전화하자."

젠지로 할아버지가 말하더니 배낭에서 내 것과 비슷하게 오래되어 보이는 휴대폰을 꺼내 전화를 걸었다.

"무슨 은행이냐?"

나나미 언니가 은행 이름을 조용히 말했다. 젠지로 할아버지는 번호를 안내하는 언니가 알려준 번호를 바지 주머니에 든 굵은 매직으로 손바닥에 적었다. 또 거기에 전화를 걸어 통장 관련한 물품 전부를 도둑맞았다고 말했다. 젠지로 할아버지는 이런 일에 아주 익숙한 것 같았다. 통화 도중에 나나미 언니에게 전화를 건넸다. 언니는 울먹이면서도 열심히 설명했다. 말하는 도중에 나나미 언니의 얼굴이 반짝 밝아졌다. "네, 네" 하는 대답에도 힘이 들어갔다. 통화가 끝났는지 나나미 언니가 젠지로 할아버지에게 전화기를 돌려주었다.

"돈은 무사하대요. 통장도 잘 돌아올 거라고……."

그 말을 듣고 온몸의 힘이 빠졌다. 아마 태어나서 최고로, 진심으로 안도한 순간이었다.

"바로 경찰한테도 연락해준대요……."

그렇게 말하는 나나미 언니의 뺨에는 아직 마르지 않은 눈물 자국이 있었다.

"너, 누가 한 짓인지 알고 있지?"

아니, 너라니. 그런 이야기를 하기 전에 젠지로 할아버지와 나나미 언니의 관계를 알고 싶었지만 나는 잠자코 있었다.

"한번 나쁜 짓을 저지르면 똑같이 반복할 거다. 나나미, 너, 그 인간한테 못을 박으러 갈 거냐?"

이번에는 나나미 언니의 머릿속이 빙글빙글 돌아가는 것처럼 보였다. 못을 박으러 갈 거냐는 말이 누군가를 찌르러 갈 거냐는 말로 들려서 흠칫했다.

나나미 언니가 아니라고 고개를 저었다.

"만나면 정말로 저지를 것 같아……. 그런 인간

때문에 인생을 망치는 건 싫어요……."

그런 인간이란 나나미 언니와 젠지로 할아버지 사이에서 엄마를 뜻하는 것이 분명하다. 만약 통장 등등을 훔쳐 간 사람이 정말 엄마라면 나나미 언니는 진짜로 저지를지도 모른다.

"그럼 내가 못을 박으러 가마. 그래도 괜찮겠지?"

나나미 언니가 고개를 끄덕였다.

"나는 갈래." 즉각 입에서 말이 나왔다. 나나미 언니와 젠지로 할아버지가 동시에 나를 봤다. 만약 범인이 엄마라면, 나는 만나야 한다고 생각했다. 그리고 말해야 한다. 나와 나나미 언니의 집에 마음대로 들어오지 마. 나나미 언니의 돈을 훔치지 마. 무엇보다 나는 엄마 얼굴을 보고 싶었다. 자식이니까 엄마가 그리워서 보고 싶다는 의미는 전혀 아니다. 단순히 지금, 어디에서 어떻게 살고 있는지 봐두고 싶었다.

"미카게는 안 가도 돼."

나나미 언니가 내 예상대로 말했지만, 나는 엄마에게 못을 박을 생각이었다. 나나미 언니가 힘든 일을 하며 번 돈이다. 나나미 언니가 미용 학교에 가기 위한 소중한 돈. 아무리 피가 이어진 엄마라도 그 돈에 손을 대다니 너무하다. 내가 엄마한테 말해야 해. 혼자서는 만나러 갈 용기도, 그런 말을 할 용기도 없지만 젠지로 할아버지와 둘이 가면 만날 수 있을 것이다.

"그럼 갈까."

젠지로 할아버지의 말에 고개를 끄덕였는데, 나나미 언니가 내 팔을 잡았다.

"괜찮아, 언니. 젠지로 할아버지도 있으니까……."

"미카게, 너, 혹시 단지 경비원을 하고 있니?"

"엇?"

나나미 언니 입에서 그 단어가 나올 줄은 몰랐기 때문에 나도 모르게 몸이 굳어졌다. 나나미 언니가 여전히 내 가슴에 달린 노란 별 모양 배지를 손가락으로 흔들었다. 거기에는 젠지로 할아버지의 서툰 글씨로 '미카게'라고 적혀 있으니까 발뺌할 수 없다.

"아직 하는구나, 젠 할아범……."

젠지로 할아버지는 아무 말이 없다. 내 팔을 붙잡은 나나미 언니의 팔에서 힘이 빠졌다. 나나미 언니는 어딘가 빈정거리는 듯이 웃고 있었다. 아직 한다는 건 무슨 의미지. 나나미 언니가 어떻게 단지 경비원을 알지? 이건 엄마 집에 다녀와서 물어봐야겠다.

"일단 다녀올게."

나는 나나미 언니에게 무리해서 웃는 것 같은 얼굴을 보여주었다. 나나미 언니는 무슨 감정이라고 말하기 어려운 표정이었다. 나나미 언니의 캐미솔 끈이 오른쪽만 흘러내려 있어서 그쪽을 봤는데, 움푹 팬 빗장뼈가 보였다. 나나미 언니가 이렇게 말랐었나? 그렇게 생각하자 괴로웠다. 나는 집에서 나와 젠지로 할아버지를 쫓아갔다. 젠지로 할아버지는 뒤에서 걷는 나를 보지도 않고 목적지를 향해 성큼성큼 걸어갔다. 우리는 순식간에 단지를 빠져나와 대로로 나왔다.

걸으며 생각했다. 나나미 언니가 단지 경비원을 안다. 그렇다면 젠지로 할아버지는 아주 오래전부터 단지 경비원을 했다는 것이고, 그걸 나나미 언니가 안다면 우리도 돌봐주었다는 것일까? 우리 엄마가 어디 사는지 어떻게 알지? 머리가 빙글빙글 돌았지만, 지금은 젠지로 할아버지에게 물어볼 타이밍이 아닌 것 같았다. 그래도 나는 생각하며 걸었다. 젠지로 할아버지는 대로를 건너 옆길로 들어가더니 또 왼쪽으로 꺾어 제일 처음 나온 골목 안으로 들어갔다. 어, 이렇게 가까워? 아무리 근처에 산다지만 10분도 걸리지 않았다.

눈앞에 오래된, 완전히 낡아빠진 맨션이 보였다. 내가 사는 단지와 비슷하게 오래됐고 낡았다. 입구로 보이는 곳에는 까마귀가 쪼아댄 쓰레기 봉지가 굴러다녔고, 바나나 껍질이나 과자 봉지가 널렸다. 그 광경을 보고 젠지로 할아버지가 혀를 쯧 찼다. 여기가 단지라면 젠지로 할아버지는 당장 빗자루로 쓸었을 것이다.

단지처럼 맨션에도 엘리베이터가 없어서 우리는 계단을 올라갔다. 젠지로 할아버지의 발걸음은 거침없었다. 사는 맨션뿐 아니라 몇 호인지도 아는 발걸음이었다. 젠지로 할아버지가 갑자기 발걸음을 멈추고 뒤를 돌아보며 말했다.

"정말 갈 거냐?"

"……"

이대로 엄마의 집을 향해 간다는 것은 거기에 있을지도 모르는 엄마와 만나는 것으로……. 나는 조금 망설였지만 고개를 위아래로 움직였다. 알겠다는 듯이 젠지로 할아버지도 고개를 끄덕였다. 그렇게 우리는 3층 제일 안쪽의 집 앞에 도착했다.

젠지로 할아버지는 망설이지 않고 초인종을 눌렀다. 반응이 없다. 한 번 더 초인종을 눌렀다. 역시 반응이 없다. 이번에는 젠지로 할아버지가 녹슨 문을 주먹으로 두드렸다. 계속, 계속, 언제까지나.

잠시 후, 문 옆의 작은 창문이 살짝 열렸다. 사람 그림자가 흔들렸다. 아, 하고 반응했다. 눈이 마주쳤다. 엄마였다. 내 얼굴을 보자 급하게 시선을 피했다. 그 모습을 보고 역시 나나미 언니의 통장은 엄마가 훔쳤나 보다고 생각했다.

젠지로 할아버지가 문손잡이를 덜컥덜컥 돌렸다. 그래도 반응이 없자, 문 아래를 걷어차기 시작했다. 악! 나는 깜짝 놀랐다. 젠지로 할아버지가 이렇게까지 난폭한 행동을 하는 건 처음 봤다. 조금 더 있자, 철컥 소리가 나고 문이 열렸다. 젠지로 할아버지가 곧바로 열린 문틈으로 몸을 끼워 넣었다. 움직임이 아주 날 랬다. 젠지로 할아버지의 손에 문이 활짝 열렸고, 나 도 그 사이를 지나 현관으로 들어갈 수 있었다. 이상 한 냄새가 났다. 담배와 음식물 쓰레기가 뒤섞인 것 같은 냄새다. 루이의 집 냄새가 더 강렬했지만 그것과 비슷했다.

엄마가 현관에 서 있었다. 축 늘어진 긴 원피스처럼 보이는 옷을 입고 긴 머리를 뒤통수에서 묶었다. 지금 막 자다 깬 것 같은 얼굴이다. 몇 년 만에 보더 라. 나와 나나미 언니를 버린 엄마가 내 눈앞에 있다. 많이 말랐고 나이를 많이 먹은 것 같다.

"얘한테 돌려줄 게 있지……."

젠지로 할아버지의 땅울림 같은 목소리가 내 고막을 흔들었다. 젠지로 할아버지의 이런 목소리는 처음 들었다.

"아니, 무슨 소린지……."

엄마의 눈이 흔들렸다. 그걸 보고 역시 나나미 언니의 통장이 사라진 것과 엄마가 관련 있다는 걸 알았다. 엄마는 현관 구석 어딘가를 보고 움직이지 않았고, 더는 아무 말도 하지 않았다. 나도 모르게 말했다.

"나나미 언니 통장이랑, 여기 있지? 부탁이야, 엄마. 그거 돌려줘. 나나미 언니가 열심히 일해서 모은 돈이야. 왜 그걸 훔치러 왔어? 우리 집에도 멋대로 들어오지 마." 마지막에는 긴장해서 목소리가 뒤집혔다.

"어이, 무슨 일이야."

나와 젠지로 할아버지의 기척을 알아차렸는지 집 안에서 남자가 불쑥 나왔다. 아, 하고 알아보았다. 그 아저씨다. 이렇게 추운데도 아저씨는 티셔츠에 짧은 반바지를 입었고, 지금 막 이불에서 나온 것 같은 차림이었다. 낮인데 왜 엄마도 아저씨도 집에 있을까. 아저씨는 담배를 입에 물고 내 앞까지 와서 나를 노려보았다.

"집 열쇠 돌려줘! 우리 집에 들어오지 마! 나나미 언니 통장을 돌려줘!"

아저씨의 시선이 무서웠지만 나는 외쳤다.

"뭔 알아듣지 못하는 소릴 하는 거야!" 아저씨가 바로 옆 벽을 주먹으로 쳤다.

쿵, 소리가 나서 그쪽을 보자 젠지로 할아버지가 현관 벽을 쳤다.

"얘 집에서 가지고 간 게 있지. 그걸 돌려주면 일을 크게 벌이지 않으마."

"그러니까 무슨 소리인지 하나도 모르겠다고."

아저씨가 젠지로 할아버지의 셔츠 옷깃을 움켜쥐었다. 젠지로 할아버지가 두 손으로 그걸 뿌리쳤다. 그것도 순식간에 벌어진 일이었다.

"미카게, 밖에 나가 있어라. 금방 끝날 거다."

그러면서 젠지로 할아버지가 나를 복도로 내보내고 문을 닫았다.

호통 소리. 뭔가 깨지는 소리. 아아아아아아, 젠지로 할아버지가 죽을 거야. 나는 스마트폰을 꺼내 경찰에게 언제든 연락할 수 있게 했다. 아, 그리고 구급차도. 으아아아아, 하고 허둥거릴 새도 없이 현관문이 열렸다. 밖으로 나온 젠지로 할아버지는 이마에 새빨간 혹이 생겼다. 아저씨는 어쩌고 있나 봤더니, 현관턱에 숨을 헐떡이며 쭈그려 앉아 있었다. 그 옆에 엄마도 쭈그려 앉아 있었다. 아저씨의 입술 끝이 찢어져서 빨간 피가 보였다.

"미카게, 가자."

"어, 엇."

젠지로 할아버지가 피 묻은 주먹으로 내게 작은 봉지를 내밀었다. 나나미 언니가 통장 물품을 넣어두는 봉지다. 안을 보자, 통장과 카드, 인감, 그리고 집 열쇠가 잘 들어 있었다.

"잠깐만!" 막 닫히려는 문 너머에서 엄마 목소리가 들렸다.

"이걸 가지고 갔었어! 생일이니까, 나나미랑 미카게……."

힐끔 돌아보자, 엄마가 작은 봉지를 손에 들고 있었다. 오랜만에 엄마가 이름을 불러서 등줄기가 오싹했다. 그런 생각이 든 건 태어나서 처음이었다. 왜냐하면 지금까지 생일을 축하해준 적이 없으니까. 엄마의 말이 사실이라면, 생일 선물을 들고 집에 멋대로 들어와서 온 김에 나나미 언니의 통장을 훔친 것이 된다. 그게 친엄마가 할 짓인가. 분노가 화르르 소리를 내며 내 마음속에서 불탔다.

"그런 거 필요 없어!"

외치면서 엄마의 손에서 봉지를 빼앗아 바닥에 내동댕이쳤다. 젠지로 할아버지가 걸음을 옮겨서 나도 허둥지둥 뒤를 쫓아갔다. 아무리 시간이 지나도 문이 닫히는 소리가 들리지 않았다.

나는 나나미 언니의 통장과 인감과 신용카드가 담긴 봉지를 절대 떨어뜨리지 않으려고 가방 바닥에 넣고, 젠지로 할아버지와 나란히 단지로 가는 길을 걸었다. 걸으면서 젠지로 할아버지의 얼굴을 봤다. 이마에 난 혹이 빨갛게 부었다. 젠지로 할아버지는 할아버지이고, 만에 하나 무슨 일이 생기면 큰일이니까 나는 긴장됐지만 말했다.

"젠지로 할아버지, 병원에 가는 게 좋지 않을……."

"이런 거 침이나 바르면 나아"라며 젠지로 할아버지는 내 말을 들어주지 않았다.

대로에 도착했다. 젠지로 할아버지도 곧장 단지로 돌아갈 줄 알았는데 "다른 용무가 있어서……"라고 말하며 잰걸음으로 모퉁이를 돌았다. 젠지로 할아버지의 뒷모습은 인파에 뒤섞여 금방 보이지 않았다. 나는 혼자 단지로 걸어갔다.

아까 엄마의 맨션에서 있었던 사건 때문에 여전히 가슴이 빠르게 뛰었다. 문 너머로 들렸던 난투를 벌인 듯한 소리. 그건 젠지로 할아버지와 엄마의 아저씨가 싸웠다는 것이다. 아저씨보다 젠지로 할아버지가 훨씬 나이가 많은데, 젠지로 할아버지는 이마에 혹만 하나 생겼지만 아저씨는 상처도 나고 맞은 흔적이 심하게 남았다. 도대체 젠지로 할아버지는 뭐 하는 사람이지. 걸으며 생각했지만 물론 답은 나오지 않는다. 그래도 나나미 언니의 통장을 되찾은 게 기뻐서 나는 들뜬 마음으로 집에 돌아왔다.

"나나미 언니, 이거!"

집에 돌아와 나나미 언니에게 봉지를 건넸다. 아까와 똑같은 캐미솔 차림인 나나미 언니가 나를 끌어안았다. 그런 후 나나미 언니는 얼른 봉지를 벌려 안에 든 것과 통장 잔액을 확인했다. 언니가 진심으로 안도한 표정을 지었으니까 언니의 돈은 줄어들지 않은 것 같다. 나도 진심으로 다행이라고 생각했다. 나나미 언니가 냉장고에서 보리차를 꺼내 잔에 따라 내게 건넸다.

"무서운 일은 없었니? 괜찮았어? 그 돼지, 뭐라고 안 했어?"

"으응…… 괜찮았어"라고 대답했지만, 마음속 어딘가에서 나나미 언니에게 묻고 싶은 말이 빙글빙글 맴돌았다. 바로 젠지로 할아버지에 관해서다. 그렇게 싸움을 잘하고 우리를 위해 통장까지 되찾아준 젠지로 할아버지는 누구일까?

나는 결심하고 나나미 언니에게 물었다.

"언니, 젠지로 할아버지 있잖아, 도대체 어떤 사람이야?"

통장을 보며 만면에 미소를 짓던 나나미 언니의 얼굴에서 표정이 사라졌다.

"나는 미카게가 단지 경비원을 그만했으면 좋겠어……."

내 질문에 대한 답이 아니다.

"언니, 아까 젠 할아범이라고 불렀지. 젠지로 할

아버지랑 아는 사이야?"

"……." 나나미 언니가 보리차를 꿀꺽 마셨다. 나는 계속 물어보았다.

"젠지로 할아버지는 대체 언제부터 단지 경비원이었어?"

"내가 어렸을 때부터 벌써 그랬어."

"어? 그렇게 예전부터?"

"우리, 라기보다는 내가 그 사람한테 많은 도움을 받았어."

"어……."

"그 돼지, 엄마가 갑자기 집을 나갔을 때, 돈이 없어서."

그랬다. 엄마는 변덕이라도 부리는 것처럼 약간의 돈을 보냈지만 그걸로는 너무 부족했으니까 나나미 언니는 중학교에 다니며 식당에서 아르바이트를 했다. 그때 이야기일까.

"중학생 때, 아르바이트가 끝나고 오는데 문에 슈퍼 봉지가 걸려 있었어. 채소나 고기 같은 거. 처음에는 기분 나빠서 전부 버렸어. 이 단지, 오지랖 넓고 머리가 이상한 사람도 많으니까."

하긴 그렇다. 나는 고개를 끄덕였다.

"어느 날 또 아르바이트가 끝나고 집에 왔는데, 문손잡이에 봉지를 거는 젠 할아범과 마주쳤어. 처음에는 기분 나쁜 할아범이라고 여겨서 전혀 상대하지 않았는데, 몇 번 마주쳤더니 말하더라. 어려운 일이 있으면 언제든 연락하라고."

나나미 언니가 지갑에서 작은 종이를 꺼내 내게 보여주었다. 오래된 것인지 종이는 해어졌고 끝이 접혀서 구부러졌다. 정말 젠지로 할아버지의 글씨로 '젠지로'라는 이름과 휴대폰 번호가 적혀 있었다.

"어린이들이 사는 시설에 들어가겠느냐고 물었는데, 나는 그런 곳에는 죽어도 가기 싫었으니까 동생이랑 둘이 어떻게든 할 거라고 거절했어. 처음에는 나쁜 꿍꿍이가 있을 것 같아서 상대도 안 했는데, 어느 날 밤에…… 미카게의 천식 발작이 멈추질 않아서…… 무서워서 젠 할아범한테 전화했어. 그랬더니 젠 할아범, 한밤중인데 금방 와서 너를 등에 업고 병원까지 데려다줬어……."

"어? 젠지로 할아버지가?"

나나미 언니에게도, 젠지로 할아버지한테도 미안하지만, 그런 일은 전혀 기억나지 않았다.

"응. 병원비도 전부 내줘서……. 그래도 여전히 젠 할아범을 진심으로 믿지는 않았어. 하지만 도저히 못 견디게 힘들 때는 젠 할아범한테 연락했어. 미카게가 중학교에서 괴롭힘을 당해 고등학교에 가지 않겠다고 했을 때, 야간 고등학교에 관해 알려준 사람이 젠 할아범이야."

"언니, 젠지로 할아버지, 혹시 우리 친척이야?"

"그럴 리 없지." 나나미 언니가 코 옆에 주름이 패도록 웃었다.

"그래도 내가 지금 하는 일을 시작했을 때 젠 할아범, 엄청나게 반대했어. 절대로 하면 안 된다고 크게 싸워서, 그 후로는……."

그렇구나, 하고 나는 속으로 수긍했다.

"젠 할아범은 나쁜 사람이 아니라고 생각하지만, 나는 미카게가 단지 경비원 같은 거 안 했으면 좋겠어. 그럴 시간이 있으면 공부해." 나나미 언니가 이렇게 말하면 반론할 수 없다. 그래도 나는 다시 물었다.

"언니, 젠지로 할아버지는 도대체 누구야? 왜 단지 경비원 같은 일을 하고 있어?"

"원래 야쿠자였을 거란 소문도 있는데, 진짜인지 아닌지 나는 몰라. 그저 아이를…… 고등학생 딸을." 거기까지 말한 나나미 언니가 입을 다물었다. 나는 나나미 언니의 말을 기다렸다.

"이 단지에서 잃었어."

"……." 이번에는 내가 입을 다물 차례였다.

"들은 이야기니까 나도 자세하게는 몰라. 그래도 딸은 병이 아니라…… 자기 스스로." 자살……. 두려워서 그 말을 입 밖에 낼 수 없었다.

"딸이 죽고 얼마쯤 지난 후부터라고 들었어. 젠 할아범이 단지 경비원 일을 시작한 거. 젠 할아범은 B동만 살펴보는데, A동에도 C동에도 단지 경비원이 있어. 한가한 할아버지나 할머니가 젠 할아범을 쫓아서 한다더라. 젠 할아범은 이제 이 단지에 살지 않는데도 여전히 단지를 돌보고 있어. 도대체 얼마나 사람이 좋으면 그런담."

나는 놀랐다. 젠지로 할아버지가 이 단지에 살지 않는 것. 그런데도 단지 경비원을 하는 것. 또 이 단지에 젠지로 할아버지 이외에 단지 경비원이 있다는 것도 전혀 몰랐다.

"자치회도 없는 형편없는 단지에서 나도 도움을 받았으니까 젠 할아범한테 은혜를 입었다고 생각해. 그래도 미카게가 단지 경비원을 하는 건 반대야. 할아버지나 할머니 집에 갔다가 또 천식이 심해지면……."

나나미 언니가 나를 노려보며 말했다. 나는 잠깐 머뭇거리다가 그래도 말했다.

"단지 경비원을 하는 거, 나 혼자가 아니야……."

"어? 무슨 소리야?"

"학교 친구도 도와주거든. 구라하시랑 전에 반찬을 많이 준 친구 있잖아. 무짱이라고 해……. 진짜 이름은 소윤인데."

"뭐 하러 이런 단지에서?" 나나미 언니의 눈이 동그래졌다.

"구라하시랑 무짱, 내가 처음으로 사귄 친구야. 태어나서 처음이야. 야간 학교에 가서 처음으로 생긴 친구야. 그러니까 다 같이 뭔가…… 뭐든 좋았는데, 단지 경비원을 하는 게 너무너무 기뻐."

"……."

"동아리 활동도 한 적 없잖아. 몸이 약해서. 그러니까 언니. 동아리 활동이라고 생각해주면 안 될까…… 부탁이야."

나는 의자에서 일어나 고개를 숙였다. 나나미 언니에게 이렇게 고집을 부리는 건 태어나서 처음이었다. 긴장해서 입이 말랐다.

"그리고 젠지로 할아버지가 없었으면 나나미 언니의 돈은 돌아오지 않았을지도 몰라. 전부 젠지로 할아버지가 어떻게든 해결해준 거야. 언니도 젠지로 할아버지한테 도움을 받았다고 했잖아. 어려서부터 나랑 언니를 도와준 젠지로 할아버지한테 내가 보답하는 거, 안 되는 일이야?"

"……." 나나미 언니가 무서운 얼굴로 나를 바라보았다. 사실은 떨릴 정도로 무서웠다. 길고 긴 침묵. 창밖의 어딘가 먼 곳에서 애들이 까부는 소리가 들렸다.

"절대로 혼자서 할아버지나 할머니 집에 안 갈 거지?"

"응. 구라하시도 무쨩도 있으니까."

"몸 상태가 나빠지면 바로 그만둘 거고?"

"그럴 때는 쉬었으니까……."

어휴, 하고 나나미 언니가 길게 숨을 내쉬었다.

"네가 지금처럼 뭔가 하고 싶다고 말한 거 처음이니까…… 나도 조금 놀라긴 했는데…… 그래도 몸 상태가 정말로 나빠지면 바로 그만두게 할 거야."

"괜찮아? 언니, 나 단지 경비원 계속해도 돼?"

"네 몸에 무슨 일이라도 생기면 가만두지 않을 거야."

나는 소리 내지 않고 고개를 끄덕였다. 내가 다음으로 하려는 말은 큰 용기가 필요했다. 그래도 그건 지금 내가 꼭 해야 하는 말이었다.

"그리고 언니한테 부탁이 하나 있는데……."

나나미 언니가 날카로운 눈으로 나를 찌릿 바라보았다.

"지금 하는 일, 그만뒀으면 좋겠어."

"……."

"지금 이대로는 언니 몸이랑 마음이 망가질 것 같아서, 나는, 나는……."

말하는 도중에 눈물이 뚝뚝 흘렀다. 나는 바닥에 쪼그려 앉아 울었다.

"언니한테 마, 만약에 무슨 일이 생기면, 나 혼자서는 못 살아. 그러니까 그 일은 그만했으면 좋겠어……. 부탁이야, 부탁합니다."

나는 무릎을 꿇고서 바닥에 손을 짚고 고개를 숙였다. 머리 위로 나나미 언니의 시선을 느꼈다.

"젠 할아범이 뭐라고 했어?"

"아니, 아니야! 이건 내 진짜 마음이야!"

나나미 언니의 손이 다가와 내 머리카락을 만졌다. 그 손이 머리카락을 마구마구 헤집었다. 어렸을 때 나나미 언니가 자주 이렇게 해줬다. 아까 본 나나미 언니 통장의 마지막 페이지 숫자가 떠올랐다. 자세하게는 모르나 그건 아주 거금이니까 그것만 있으면 나나미 언니는 미용 학교에 갈 수 있을 거다. 이사하지 않고 이 단지에서 살면 어떻게든 될 거다.

"……사실은 조금 지치긴 했어."

고개를 들자, 나나미 언니는 조금이 아니라 굉장히 지친 얼굴이었다.

"올해를 끝으로…… 응, 손을 털 거야. 미카게랑 젠 할아범이 가지러 가주지 않았으면 사라졌을 돈이니까. 네 말을 하나쯤은 들어줘야 마땅하지. 고마워, 미카게. 엄마 집에 가고 싶지도 않았을 텐데……."

사실은 나나미 언니가 지금 당장 일을 그만두면 좋겠다. 올해는 아직 넉 달이나 남았다. 그래도 나나미 언니가 그 일을 그만둔다고 말해줘서 기뻤다. 나나미 언니는 울었다. 나도 울었다. 나나미 언니가 내 몸을 안았다. 우는 사람의 냄새가 났다. 나에게서도 아마 눈물 냄새가 나겠거니 싶었다.

"그렇지, 미카게한테 친구가 생겼으니까 생일 파티를 하자."

나를 품에서 놓더니 나나미 언니가 아주 밝게 웃는 얼굴로 말했다. 이번 주말이 내 생일이다.

"생일 파티가 뭐야?" 정말로 몰라서 나나미 언니에게 물었다.

"친구를 불러 생일을 축하하는 거야."

"엇, 그런 건 부끄럽다."

"그래도 처음 생긴 미카게의 친구잖아. 나도 미카게의 친구들 얼굴을 보고 싶고, 친구들에게 고맙다고 하고 싶어."

그때 문득 그렇다면 젠지로 할아버지도 불러도 괜찮으냐고 묻고 싶었지만 나는 입을 다물었다. 나나미 언니가 싫어할 것 같았다.

"친구들한테 고맙다고 인사하는 모임이라면, 그거라면 해도 돼……."

그리하여 일요일, 태어나서 처음인 나의 생일 파티를 이 집에서 열게 됐다. 구라하시도 무짱도 와줬다. 무짱의 엄마가 생일 파티 요리를 전부 준비해줬기 때문에 나와 나나미 언니는 케이크를 사기만 하면 됐다(아르바이트 공장의 딸기롤케이크면 되냐고 물어본 내게 나나미 언니가 바보라고 외치고 지난번 것처럼 파티시에가 만든 고급 케이크를 준비해줬다).

식기도 방 장식도 전부 100엔 가게에서 샀다. 나나미 언니와 둘이서 방 두 개뿐인 집을 꼼꼼히 청소한 후 HAPPY BIRTHDAY라고 적힌 종이를 벽에 붙였고, 나는 종이 왕관을 썼다. 친구들이 오기 전에도, 온 후에도 긴장해서 토할 것 같았다. 누가 뭐래도 태어나서 처음 생긴 친구가 이 집에 와서(방 두 개뿐인 집을 보이는 건 죽고 싶을 만큼 부끄러웠지만) 내 생일을 축하해주는 날이니까. 내일 운석이 떨어져서 죽을지도 모른다고 생각했다. 어떤 표정을 지어야 할지 몰랐는데, 다들 모인 집에서 생일 축하 노래를 부를 때 나는 완전히 울 것 같았고 실제로 울었다. 케이크에 열여섯 개의 초가 꽂혔고, 나나미 언니가 라이터로 불을 붙였다.

"미카게, 생일을 맞아 한마디를!" 무짱이 큰 소리로 외쳤다.

에에에엑, 하고 당황했지만 모두에게 고맙다고 말해야 한다. 긴장해서 굳어진 몸으로 나는 일어났다.

"저기, 여러분." 여기까지 말했는데 벌써 울 것 같았다.

"제 생일을 축하해줘서 고맙습니다." 그렇게 말하고 고개를 숙였다.

"무쨩, 구라하시, 나랑 친구가 되어줘서 고맙습니다."

둘에게 말하자 웬지 구라하시의 귀가 새빨갛게 물들었다. 무쨩이 구라하시를 팔꿈치로 찔렀다.

"그리고 나나미 언니. 나를 키워줘서 고맙습니다."

그러자 나나미 언니가 큰 소리로 울기 시작했다. 이번에는 무쨩이 나나미 언니를 따라 울었다.

"언제까지나 이 단지에서 단지 경비원으로서 열심히 일하고 싶습니다."

무쨩이 손가락을 모아 휙 휘파람을 불고 내 앞에 생일 케이크를 내밀었다.

나나미 언니가 방의 불을 뚝 껐다. 어둠 속, 눈앞에서 벌꿀색의 다정한 불꽃이 흔들렸다. 나는 숨을 깊게 들이쉬고 촛불을 불어 껐다. 숨이 조금 괴로웠지만 그래도 열심히 모든 촛불을 껐다.

"미, 미카, 미카게, 생일 축하해!" 구라하시가 축하해줘서 나는 부끄러웠다.

"미카게, 생일 축하해!" 무쨩과 나나미 언니가 입

을 모아 외쳤다.

구라하시는 내가 항상 빌려 쓰던 영어 사전을, 무짱은 "나랑 커플이야"라며 일곱 색깔 작은 돌을 연결한 팔찌를, 나나미 언니는 학교에 갈 때 쓰라고 새로운 배낭을 줬다. 최고의 생일이었다. 생일이 이렇게 기쁜 건 줄 나는 몰랐다. 오늘은 내가 태어나서 제일 기쁜 날. 이 집에는 무서운 게 하나도 없다. 내가 좋아하는 사람과 나를 좋아하는 사람(아마도)뿐이다. 최고로 행복했다. 그래도 선물 포장지를 접으며 생각했다. 젠지로 할아버지를. 젠지로 할아버지의 생일을 축하해주는 사람이 있을까, 이런 생각이 들자 심장이 꽉 조여들었다. 나나미 언니에게 혼나더라도 이 파티에 젠지로 할아버지를 부르면 좋았겠다고 생각했다. 다음에 만나면 젠지로 할아버지의 생일이 언제인지 물어봐야지. 무짱이랑 구라하시랑 같이 축하해주면 젠지로 할아버지는 분명 기뻐할 거다.

다 같이 밤이 될 때까지 무짱의 엄마가 만들어준 맛있는 음식을 먹고 케이크를 먹고 수다를 떨었다. 그때 나는 아직 몰랐다.

우리 집 우편함에 도쿄도에서 보낸, 이 단지를 철거하겠다는 내용의 간소한 편지가 배달되었음을.

야간 학교에 가기 전, 나는 도쿄도에서 온 편지를 받아 일하러 가기 전인 나나미 언니와 함께 읽었다. 얇은 종이에는 내년 봄까지 단지에서 모든 주민이 나가달라는 것, 철거한 부지에 대형 경기장이 생길 거라는 것, 이사 비용만은 도쿄도에서 부담할 것이라는 내용이 감정이라고는 일절 없는 인간이 쓴 듯한 문장으로 적혀 있었다.

"나나미 언니, 이거……."

"때가 됐네."

"어……." 나는 숨을 삼켰다.

"그렇잖아, 이 단지는 내진 보강도 전혀 안 했어. 지어진 지 몇십 년이나 됐잖아? 다음에 큰 지진이 오면 틀림없이 끝장이야. 반은 슬럼이나 마찬가지고, 도심 한복판에 있는 이런 쓰레기 같은 단지, 도쿄도도 빨리 처분하고 싶은 골칫거리겠지."

"그래도 지금 사는 사람들은 어떡해?"

"어디로든 갈 수밖에 없어, 다들."

"우리도?"

"어디든 집을 빌리는 수밖에. 그래도 우리 그만한 돈은 있으니까 괜찮아. 언니가 올해까지 최선을 다해서 일할 테니까."

"······."

최선을 다해서 일하겠다는 나나미 언니의 말을 듣고 가슴이 너무도 괴로워졌다. 사실은 지금 당장 데리헤루 일을 그만두면 좋겠는데······.

"할아버지랑 할머니는 어떻게 돼?"

"자기들이 알아서 할 수밖에. 지금 타인을 걱정할 여력도 없고 내 알 바 아니야!" 그렇게 말한 나나미 언니는 화장에 여념이 없다. 큼지막한 퍼프로 얼굴에 파우더를 두드린다. 그 말이 옳지만, 나나미 언니의 말에 나는 차가운 먹물이라도 마신 것처럼 기분이 착 가라앉았다.

나나미 언니에게 쫓기듯이 집에서 나와 자전거 보관소에서 자전거를 꺼내며 내가 사는 B동 건물을 올려다보았다. 어둠에 잠긴 B동이 아직 거기 있는데도 언젠가 와르르 무너질 날이 온다고 생각하자 무서웠다. 나는 자전거에 올라타 달렸다. 어디선가 카레 냄새가 났다. 배가 꼬르륵 울었다. 누군가를 위해 카레를 준비한 사람, 기뻐하며 그 카레를 먹는 사람, 그런 생활 전부가 언젠가 이 세상에서 사라진다. 아니, 그 전에 단지 경비원이라는 일도 사라진다. 젠지로 할아버지는 단지 철거 문제를 어떻게 생각할까, 머릿속으로 빙글빙글 생각하며 나는 야간 학교로 자전거를 몰았다.

"미카게!"

교실에 들어가자 무짱이 곧바로 말을 걸어주었다. 무짱은 빨간 체크 보자기를 들고 있다. 무짱의 집에 놀러 간 이후로 무짱의 엄마가 내 도시락을 싸주기 시작했다. 나는 그건 절대 안 된다고 거절했지만 "가게에서 남은 음식이니까"라며 무짱이 고집을 부렸다. 매일 "정말 고마워"라고 말하며 도시락을 받는다. 내가 무짱의 엄마가 싸준 도시락을 먹기 시작하자, 무짱도 학교 급식을 먹지 않고 나와 같은 도시락을 먹었다. 구라하시는 늘 "조, 조, 좋겠다"라며 부럽게 쳐다본다.

금방 급식 시간이 되어서 나와 무짱과 구라하시 셋이서 밥을 먹었다.

"미카게, 왠지 기운이 없네? 괜찮아?"

도시락을 먹으며 무짱이 내게 물었다.

"저기, 사실은……."

나는 도쿄도에서 온 그 편지의 내용을 말했다.

"너무 갑작스러운 얘기네."

무짱이 뺨을 부풀리며 내게 말했다.

"응. 그래서 우리도 어디로든 이사를 해야 해……. 아니, 우리는 그나마 나을지도 몰라. 나한테는 나나미 언니도 있고." 저금도 있다고는 말할 수 없다. 나는 구라하시에게 물었다.

"단지에 사는 할머니랑 할아버지는 어쩌지? 연립주택 같은 거 간단히 빌릴 수 있나?"

"너, 너, 너무 나이가 많으면 어려울 것 같아……. 아, 우, 우리 아빠가 부동산을 하는데, 너무 나이가 많은 사람이면, 그, 그, 그러니까 역시…… 월세를 잘 못 내거나, 고, 고, 고독사할 수도 있다거나."

"잠깐만! 단지가 철거되면 단지 경비원 일도 사라진다는 거 아니야?"

무짱이 젓가락을 테이블 위에 두며 외쳤다. 목소리가 너무 커서 주변 사람들이 힐끔힐끔 우리 쪽을 봤다. 좀 진정하라는 의미로 나는 무짱의 스웨터 소매를 잡아당겨 얼굴을 맞대고 소곤소곤 말했다.

"그렇게 될 거야……."

단지가 철거되는 것만 생각하느라 단지 경비원까지는 머리가 돌아가지 않았다. 확실히 무짱 말대로 그 단지가 사라지면 단지 경비원 일도 사라지는 것이다.

"싫어! 싫어! 간신히 셋이 같이 있게 됐는데 그건 죽어도 싫어!"

무짱이 미간을 잔뜩 찡그리고 외쳤다. 그야 나도 싫다. 하지만 뭘 어떻게 해야 하지. 도쿄도에 불평하러 가면 될까? 단지 숲 너머로 솟구친 도청에 가면 어떻게든 되려나, 도무지 모르겠다. 한동안 조용히 있던 구라하시가 입을 열었다.

"바, 바, 반대 운동."

"어?" 무짱과 내가 동시에 말했다.

"바, 바, 반대 운동을 하면 돼."

구라하시가 별일 아니라는 것처럼 말했다.

"반대 운동이 대체 뭐 하는 건데?" 나도 모르게 물었다.

"기, 기, 길거리에 서서, 너무 곤란하다고 호소하거나, 주민들에게 반대한다는 서명을 모으거나, 나도 잘은 모르지만 단지 경비원 일을 하면서 할 수 있는 것을 해보자."

"그런데 고등학생이 그런 거 할 수 있어?"

불안해진 나는 구라하시에게 물었다.

"그, 그, 그야 미카게가 그런 문제에 직면한 거니까. 고등학생과 언니 단둘이서 살아가는 가족을 저, 저, 저 좋을 대로의 이유로 일방적으로 내쫓으려고 하잖아. 아, 아, 아무리 도쿄도라도 그런 불합리한 일, 해도 돼?"

구라하시가 화난 말투로 말했다. 구라하시는 우리 앞에서 잘 웃는데, 지금까지 분노한 감정을 드러낸 적은 없다. 그래서 놀랐다. 구라하시도 화를 내는구나 싶어서. 나는 두근두근하며 물었다.

"그래도 그거, 젠지로 할아버지한테 말하지 않으면 안 되지?"

"나, 나, 나는 제, 제, 젠지로 할아버지가 반대하지 않을 것 같아."

"그걸 어떻게 알아?"

무짱이 반찬을 먹으며 물었다.

"그, 그, 그 단지를 그렇게 사랑하는 사람은, 다, 다, 달리 없지 않을까."

듣고 보니 정말 그렇다. 그 단지와 그 단지에 사는 사람을 젠지로 할아버지 이상으로 소중하게 여기는 사람은 없겠지.

"이, 있잖아. 이번 주 일요일에 둘 다 우리 집에 오지 않을래? 세, 세, 셋이서 전술을 짜보자."

"전술?" 무짱이 미간을 찌푸리며 구라하시를 노려보았다.

"이, 이제부터는 운동이 필요하다고 생각하니까."

"운동?" 운동이 왜 필요하지? 고민하는 내게 무짱이 "체육 시간에 하는 운동이 아니거든, 미카게" 하고 못을 박았다. 내 귓불이 새빨개졌다.

"그거 괜찮다, 좋다. 구라하시 집에 가보고 싶기도 하고." 무짱이 말했다.

"그, 그럼" 하고 구라하시는 학교에서 자기 집까지 가는 지도를 그려 무짱에게 줬다.

"오, 오, 오후 1시에 와, 뭐 가지고 오지 말고." 구라하시가 거듭 말했다. 그렇게 나와 무짱은 다음 일요일, 구라하시의 집에 가게 되었다.

구라하시의 집은 부동산을 한다고 했으니까 무짱의 집처럼 가게 2층에 살 줄 알았는데 아니었다. 구라하시의 집은 3층짜리 자그마한 빌딩 같았다. 1층 현관에 '구라하시'라고 번쩍번쩍한 문패가 걸려 있다. 여기가 정말로 구라하시의 집이다. 나와 무짱은 현관 앞에서 얼굴을 마주 보았다. 마음을 다잡고 초인종을 누르자, 문이 열리고 구라하시가 고개를 내밀었다.

"여기 전부 다 구라하시네 집이야?" 무짱이 무심결에 나온 말처럼 물었다. 나도 같은 생각을 하고 있었다.

"으, 응. 맞아. 들어와." 구라하시가 새하얀 슬리퍼를 내줬다. 어디선가 향수 같은 좋은 냄새가 났다. 나와 무짱은 구라하시 뒤를 따라 긴 복도를 걸었다. 거기 있는 것은 작은 엘리베이터였다.

"진심?" 무짱이 낸 목소리는 고스란히 내 목소리였다. 구라하시와 무짱과 셋이서 엘리베이터를 탔다. 엘리베이터는 느릿느릿 올라가 3층에 섰다. 또 긴 복도를 걸었다. 구라하시가 방문을 열자, 거기는 우리 집이 다섯 채쯤은 들어갈 정도의 방이었다. 벽면은 전부 책장이고 책장은 책으로 가득가득 차 있다. 방 한가운데에는 넓은 책상과 의자가 있고 구석에는 몹시도 푹신푹신해 보이는 커다란 침대가 놓여 있다.

"우오!" 무짱도 나도 그 후로 더는 말이 나오지 않았다.

"여기, 구라하시 혼자 쓰는 방이야?"

"으, 응. 옆방은 여동생 방이긴 해."

"이 책, 전부 읽었어?" 나는 벽에 가득한 책을 가리키며 물었다.

"으, 응. 재미있었던 책만 남겨뒀어"라고 했다. 그러니까 구라하시는 여기 있는 것보다 더 많은 책을 읽었다는 것이다. 구라하시의 머리가 얼마나 좋은지 더

욱더 증명된 것 같았다.

"여, 여, 여기 앉아." 구라하시가 나와 무짱에게 의자를 권했다. 셋이서 책상에 마주 보고 앉았다. 잠시 그러고 있는데, 어떤 여자가 와서 차와 과자를 놔주었다. 구라하시의 엄마인 줄 알고 나는 허둥지둥 일어났는데, "가, 가정부인 다구치 씨야"라고 구라하시가 말했다. 가정부가 있는 집은 태어나서 처음 와봤다. 구라하시가 비싸 보이는 찻주전자로 나와 무짱의 컵에 좋은 향이 나는 홍차를 따라주었다. 구움과자도 전부 맛있어 보인다. 무짱과 둘이서 왠지 넋을 놓고 있는데, 구라하시가 책상에 노트를 펼쳤다.

'단지를 부수지 말아요! 우리는 도대체 어디로 가면 되나요?'

펼쳐진 새하얀 종이에 매직으로 커다랗게 글자를 썼다. 구라하시의 글자도 화가 났다.

"사, 사, 사실은 미카게의 사진도 넣으면 좋겠다고 생각했는데……." 구라하시가 말했지만 그건 너무 부끄러우니까 정중히 거절했다. 구라하시가 작고 꼼꼼한 글씨로 노트에 글자를 썼다. 어려운 말도 있었는데, 요지는 '도쿄도의 불합리한 요구로 단지 주민이 매우 화가 났습니다, 이런 일을 용납해도 됩니까?'라고 호소하는 문장이었다.

구라하시의 표정은 진지했다. 글자를 쓱쓱 써 내려가는 구라하시의 얼굴을 나와 무짱은 대단하다고 생각하며 과자도 먹지 않고 입을 벌린 채 바라보았다.

"대충 이런 식이면 될 거야. 이걸 무짱의 편의점에서 복사해서."

"알았어! 그건 나도 할 수 있어." 무짱이 가슴을 활짝 폈다.

"그런데 구라하시, 이런 말을 하는 거 좀 그런데, 너는 야간 학교보다 더 괜찮은 학교에 갈 수 있지 않아?" 무짱이 마들렌을 먹으며 물었다.

"……." 구라하시는 한동안 말이 없었다. 묻지 않았으면 하는 것일지도 모르겠다고 나는 속으로 생각했다.

"괴, 괴, 괴롭히지 않는 학교에서 공부하고 싶었어, 나는." 그렇게 말하며 구라하시가 일어나 벽으로 다가갔다.

"그냥 그게 다였어."

"미안해, 이상한 소리를 해서. 그래도 미카게랑 나도 비슷하니까." 무짱이 그렇게 말하자 구라하시는 알겠다는 듯이 고개를 끄덕였다.

"그래도 구라하시라면 어느 대학이든 갈 수 있겠다. 나는 엄마가 대학에 가라고 하지만 뭘 공부하고 싶은지도 모르겠어." 무짱이 마들렌을 두 개째 먹으며 말했다.

"나는 어느 대학이든 좋은데, 건축을 전공해서 도시 계획을 공부하고 싶어."

"도시 계획……." 중얼거렸지만 나는 그게 뭔지 모른다.

"도시의 알맞은 모습을 상상해서 거기에 뭐가 필요한지 생각하는 계획을 말해. 헤이조쿄도 헤이안쿄도 도시 계획으로 만들어졌어."* 그렇게 구라하시가 긴긴 이야기를 시작했다. 구라하시는 아주 알기 쉽게

---

* 헤이조쿄는 710년부터 784년까지 일본의 수도였던 곳으로 지금의 나라시 서쪽 교외에 해당한다. 헤이안쿄는 794년부터 1868년까지 수도였던 곳으로 지금의 교토시다.

설명해주었겠지만, 무짱과 나는 절반도 이해하지 못했을 것이다.

"미, 미, 미카게는 앞으로 뭘 하고 싶어?"

"어?" 갑작스러운 구라하시의 질문에 마시던 홍차를 뿜을 뻔했다. 그래도 말했다.

"……단지 경비원."

"어? 하지만 단지는 사라질지도 모르잖아."

무짱이 사레들릴 뻔하며 말했다.

"응, 그렇긴 한데 어른이 되어서도 곤란한 사람의 이야기를 듣고 그 사람을 도와주는, 그런 일을 하고 싶어."

"그, 그렇구나, 미카게는 케어 매니저*가 되면 좋을지도 모르겠다."

"뭐야, 미카게도 구라하시도 잘 생각하고 있었네. 나만 어쩔 줄 모르네. 일단은 엄마 가게를 이어야지."

그렇게 말하며 무짱이 세 개째 마들렌에 손을 뻗었다. 내 귓가에 케어 매니저라는 말이 남았다. 다음에 도

---

* 환자나 노인의 건강과 요양을 전반적으로 관리하고 돌보며 요양 보호사를 관리, 지원하는 일을 하는 전문가.

서관에서 잘 조사해봐야겠다.

"그런데 구라하시, 아버지랑 어머니는? 오늘도 일하셔?"

무짱이 입을 우물거리며 말했다.

"아, 아, 아빠도 어, 엄마도, 일요일에도 일해."

"부동산이랬지, 그러면 부모님 두 분이 같이 하시는 거야?"

"으, 으응. 아빠는 일본 어딘가에 있을 거고, 어, 엄마는 지금 하와이에 있어. 당연히 일 때문이지만."

그래도 왠지 그 이상은 물어보면 안 될 것 같았다. 구라하시도 그다지 물어보지 않았으면 하고 바라는 것처럼 보였다. 구라하시와 여동생을 돌봐주는 가정부가 있으니까 나나 무짱이 걱정할 일은 아닐 것이다.

구라하시의 이야기를 들으며 다양한 사정이 있다고 생각했다. 우리 집도 무짱의 집도 구라하시의 집도 제각각 다르다. 이 세상에 "우리 집은 제대로 된 가족이야"라고 당당하게 말할 수 있는 사람이 몇 명이나 있을까 싶었다. 구라하시의 집은 어딜 봐도 멋져서 어휴우우우, 하고 한숨이 나오지만, 왠지 모르게 쓸쓸한 집이라고 생각한 것도 사실이다.

화요일, 늘 그렇듯 단지 경비원의 날이 돌아왔다. 나와 무짱과 구라하시는 늘 메고 다니는 배낭을 메고 겨울이 되어 말라버린 밭에 모였다.

"그럼 갈까."

젠지로 할아버지가 우리를 보고 말하자, 구라하시가 오른손에 안고 있던 종이 한 뭉치를 젠지로 할아버지에게 보여주었다. 얼마 전에 구라하시가 쓴 단지 철거 반대 전단과 단지 철거에 반대하는 사람들의 서명을 받는 용지였다. 젠지로 할아버지가 그 종이를 빤히 바라보았다.

"그, 그, 그냥 도쿄도가 하라는 대로 해야 하는 게 분해서……."

구라하시가 결심한 것처럼 말했다. 젠지로 할아버지의 얼굴은 지금까지 본 적 없을 만큼 험악했다. 멋대로 굴었다고 혼날지도 모른다고 생각하자 솔직히 무서웠다. 젠지로 할아버지에게는 젠지로 할아버지만의 생각이 있겠지…….

"그립구나……." 젠지로 할아버지가 이해하지 못할 말을 해서 나는 의아했다. 예전에 이런 일을 젠지로 할아버지도 했다는 뜻인가?

"하고 싶다면 해도 된다. 그러나 아마도 단지는 철거될 거다."

에에에에엑, 싫었지만 아무튼 우리가 하려는 일을 젠지로 할아버지가 인정해줘서 기뻤다.

"미카게와 나는 위층에서부터 평소처럼 주민의 생존 확인과 식량 배포. 그리고 이거."

젠지로 할아버지가 내게 종이 뭉치를 건넸다. 살펴봤더니 도민 주택이나 노인 시설, 노인이라도 살 수 있는 연립 주택을 소개하는 부동산 연락처가 적혀 있었다.

"미카게는 이걸 반드시 주민에게 건넬 것." 나는 알겠다고 했다.

"너희 둘은 아래층부터 전단을 가지고 돌아다녀라, 이러면 되지?"

구라하시와 무짱은 얌전한 얼굴로 고개를 끄덕

였다.

"그럼 시작할까." 그렇게 말한 젠지로 할아버지의 뒤를 쫓아 우리는 B동 계단으로 향했다. 무짱이 나를 보며 맡겨달라는 듯이 진지한 표정으로 고개를 한 번 끄덕였다.

제일 위층, 계단 왼쪽 집부터 평소대로 젠지로 할아버지가 현관문의 초인종을 누른 후 "잘 지내나!" 하고 큰 소리로 외쳤다. 잠깐 사이를 두고 문이 천천히 열렸다. 할머니가 느릿느릿 문틈으로 고개를 내밀었다. 동작은 평소처럼 느릿느릿했지만 안색은 나쁘지 않다. 나는 배낭에서 포카리스웨트와 빵을 꺼내 할머니에게 내밀었다. 할머니는 기뻐하며 그걸 팔로 안았다.

"할머니, 알고 있어? 단지 철거!"

조금 귀가 안 들리는 할머니를 위해 젠지로 할아버지가 고함치는 것처럼 외쳤다.

"……응, 무슨 소리인가?"

할머니의 얼굴이 흐려졌다. 제일 아래층의 우편함에는 전단이나 봉투가 불쑥 삐져나온 곳도 많다.

이 할머니가 매일 제일 아래층까지 계단을 내려가 우편함을 주의 깊게 살펴볼 것 같지 않다. 단지 철거 종이를 못 봤어도 이상하지 않다.

"내년 봄에는 이 단지를 철거한대요! 다음에 살 곳을 빨리 찾아야 해요!"

나도 젠지로 할아버지 못지않게 큰 소리를 내며 안고 있던 종이 다발에서 하나를 꺼내 할머니에게 건넸다.

"벌써 50년이나 여기 살았는데 다른 곳에서 어떻게 살아. 게다가 인제 와서 이런 할머니한테 집을 빌려줄 곳이 어디 있겠어……."

할머니가 주름 가득한 미간에 더욱 주름을 잡았다.

"태평한 소리 말고! 이 단지가 사라지니까! 빨리 해야 해!"

젠지로 할아버지가 크게 외쳤다.

"빨리하라고 해도……."

할머니는 금방이라도 울 것 같은 표정을 지었다.

"나 혼자 어쩜 좋아……."

"집을 찾아주고 이사도 도울게, 그러니까……."

젠지로 할아버지가 그렇게 말하자, 할머니는 아무 말도 듣기 싫다는 듯이 문을 닫으려고 했다. 젠지로 할아버지가 곧바로 문에 발을 끼워 넣어 닫지 못하게 했다. 할머니는 그래도 연약한 힘으로 문을 어떻게든 닫으려 했다.

"내 말을 잘 들어. 할머니가 살 곳이 사라지는 거야. 이 단지를 부순다고. 그러니까 얼른 다음에 살 곳을……."

"여기에서 결혼하고 자식을 낳았고, 자식 둘도 계속 여기에서 키웠는데……. 남편도 이 단지에서 떠났어. 나도 살날이라 해봐야 앞으로 몇 년이야……. 이 단지에서 죽게 해줘."

할머니가 훌쩍훌쩍 울기 시작했다. 그 모습을 보자 나도 울고 싶어졌다. 그와 동시에 주민 누구의 허락도 없이 자기 마음대로 단지를 철거하려는 사람들에게 마구마구 화가 났다. 나도 할머니와 마찬가지다. 이 단지에서 계속 살았고 자랐다. 낡았고, 엉망이고, 주민 중에 이상한 사람도 있고, 별로인 점도 싫은 점도 많은 단지지만, 그래도 내 고향을 저 좋을 대로 빼앗아 가는 것을 용납해도 될 리가 없다. 내가 마음속에서 분노의 불길을 활활 불태우는 동안, 젠지로 할아버지가 마치 아이에게 들려주는 것처럼 단지 철거와 다음 살 곳을 서둘러 찾아야 한다는 이야기를 반복해서 했다.

"당신이 무슨 말을 하고 싶은지는 알겠어. 하지만 나는 이 단지에서 나가지 않을 거야……. 같이 철거해도 돼. 이 단지와 같이 죽는다면 바라던 바야."

그 말을 하고 할머니는 억지로 문을 닫았다. 이제 아무 소리도 들리지 않는다. 바람 소리와 어딘가 먼 곳에서 애들이 노는 목소리만 들릴 뿐이다.

젠지로 할아버지가 자기 머리를 손바닥으로 쓱쓱 문질렀다.

"이거 시간이 걸리겠는데……. 그래도 시간을 들여 한 명 한 명 이야기를 들려주는 수밖에 없지."

마치 젠지로 할아버지 본인에게 들려주는 말 같았다.

이 단지와 함께 죽을 거니까 괜찮다고 말한 사람

은 이 할머니만이 아니었다. 다른 할머니나 할아버지도 이 단지에서 나갈 생각은 없다고 우리에게 말했다. 그중에는 내가 건넨 종이를 보고 우리에게 덤비는 사람도 있었다.

"네놈들, 도쿄도 첩자구먼?"

내 얼굴 바로 앞에서 소리를 지른 할아버지도 있었다.

"그게 아니야! 당신, 이 단지가 사라져서 노숙자가 되어도 좋아?"

젠지로 할아버지도 물러서지 않았다.

"노숙자라고? 단지를 부수지 않으면 그걸로 그만이잖아."

할아버지의 태도가 무서웠지만 나는 마음을 단단히 먹고 말했다.

"저기, 그렇다면 나중에 또 두 명이 찾아올 거예요. 단지 철거 반대 서명도 진행 중이니까 그 친구들한테 협력해주시겠어요……?"

"네놈들은 애초에 뭐 하는 것들이야? 우리 집만이 아니지. 음료나 빵을 멋대로 돌리고 말이야…….

물론 고맙긴 한데."

할아버지가 기가 막힌다는 듯이 말했다.

"다, 단지 경비원이에요."

처음으로 다른 사람에게 나를 단지 경비원이라고 말한 것 같다.

"애초에 단지 경비원이 뭔데."

"이 단지를 지키는 대원이에요."

"뭐야?"

할아버지가 의심 가득한 눈으로 나와 젠지로 할아버지를 번갈아 바라보았다.

"단지 철거를 반대하더라도 최악의 상황이 벌어졌을 때를 생각해둬야 해요. 저도 이 단지에서 자랐어요. 단지를 부숴서 여기 사는 사람들과 뿔뿔이 흩어지는 건 싫지만, 저도 포함해서 이곳 사람들의 터전이 빼앗기는 것도 싫어요."

할아버지가 내 얼굴을 빤히 바라보았다. 가슴이 쿵쿵 뛰었다. 내 생각을 남에게 이렇게 말한 것은 태어나서 처음이었다.

"준비만이라도 해두면 어떨까요? 저, 여기 사는

모두가 길에 나앉는 일이 생기면." 말하는데 눈물이 뚝뚝 흘렀다. 울 생각은 전혀 없었는데. 이런 말을 할아버지에게 하는 건 무섭고, 할아버지가 또 화를 낼지도 모른다고 생각하면 솔직히 말해서 당장 이 자리에서 사라지고 싶었다.

"이 종이에 단지가 사라진 다음, 어디에서 살면 좋을지도 적혀 있어요. 준비는 서두를수록 좋아요."

할아버지는 더는 화내지 않고 내가 반복해서 하는 말을 묵묵히 들어주었다.

아주아주 긴 시간이 흐른 것 같았다.

"……알겠다."

내 이야기가 끝나자, 할아버지가 그 말만 하고 내 손에 들린 종이 한 장을 빼앗듯이 가지고 가 집 문을 있는 힘껏 닫았다. 찰칵, 자물쇠 잠기는 소리가 났다. 그래도 할아버지는 내 말을 들어주었다.

어휴……. 폐 깊은 곳에서부터 한숨이 새어 나오고 얼굴에서 핏기가 사라졌다. 나도 모르게 그 자리에 쪼그려 앉았다. 젠지로 할아버지가 내 머리 위에 손바닥을 올렸다. 그 손이 마치 일회용 손난로처럼 따끈따끈했다.

그렇게 우리(나와 젠지로 할아버지와 무쨩과 구라하시)는 평소처럼 화요일과 목요일에 B동 각 집을 돌며 (평소에는 가지 않는 집에도 갔다) 이 단지가 내년 봄에는 철거된다는 것을 누구나 이해할 수 있게 최선을 다해 설명했다. 생각보다 시간이 많이 들었다. 고된 작업이었다.

누군가는 마치 우리가 단지를 철거하려는 사람인 것처럼 무턱대고 화를 내기도 했고, 저번 할머니처럼 훌쩍훌쩍 우는 사람도 있었다.

시설에 들어가는 편이 나아 보이는 할아버지나 할머니는 젠지로 할아버지의 연줄로 공공시설에 보내기로 했다(젠지로 할아버지가 어떻게 그런 일을 할 수 있는지 자세하게는 모른다. 그래도 젠지로 할아버지는 이상하게 그런 일에 익숙했다).

저금이 있거나 연금으로 연립 주택의 월세를 낼 수 있는 사람(그런 사람은 손에 꼽을 정도였지만)은 부동산 회사를 운영하는 구라하시의 아빠가 집을 소개해주었다. 빗살이 빠지는 것처럼 B동에서 조금씩 사람이 없어졌다. B동뿐 아니라 단지 전체가 그랬다. 야간학교에 갈 때, 자전거를 타고 단지를 달릴 때면 조금씩 집에서 새어 나오는 불빛이 적어지는 걸 알 수 있었다. 단지라는 생물의 배터리가 떨어지는 것 같아서 나는 쓸쓸했다.

우리가 아무리 설득해도 절대로 이 단지가 아닌 곳으로 가지 않겠다는 할아버지와 할머니도 물론 있었다. 우리는 그런 분들의 집을 방문할 때마다 할아버지와 할머니가 어떻게 하고 싶은지, 우리가 뭘 할 수 있을지 같이 생각했다. 말은 이래도 단순히 할아버지와 할머니의 긴 이야기를 그냥 계속 듣기만 할 때도 많았다. 이 단지에서 할아버지와 할머니가 어떻게 살아왔는지…… 어떤 일을 하고 자식을 몇이나 낳았고, 이곳에서의 생활이 얼마나 즐거웠는지(때로는 괴로웠는지) 들었다.

나와 젠지로 할아버지가 페어로 각 집을 돌 때는 "알았어! 알았다고! 그 이야기는 이제 됐어!"라며 젠지로 할아버지가 도중에 말을 가로막곤 하는데, 구라하시와 페어로 돌 때면 구라하시가 할머니와 할아버지 이야기를 열성적으로 들으니까 우리는 좀처럼 집에서 나오지 못했다. 구라하시는 열심히 메모하며 할머니들의 이야기를 듣는다. 어느 날인가 물어본 적 있다.

"할머니들 이야기가 그렇게 재미있어?"

"재, 재, 재, 재미있어! 소설을 읽는 것 같아. 그게 곧 쇼와의 역사이고 헤이세이의 역사이고 지금 레이와 시대의 이야기면서 건축사이기도 하니까. 내, 내, 내가 다른 사람의 인생 이야기를 좋아하는 걸 단지 경비원을 하면서 알았어."

나는 역시 구라하시에게 조금 독특한 면이 있는 것 같다고 생각했다.

단지 철거 반대 서명도, 우리가 예상한 것보다 많이 모을 수 있었다. 서명해준 사람 대다수가 단지에 사는 사람이었지만, 길에서 해준 사람도 많았다. 그래! 우리(나랑 무짱과 구라하시)는 세 번쯤 길에서 서명 활동을 했다. 지금 생각해도 얼굴에 불이 날 것 같다. 역 근처, 수많은 사람이 오가는 길에서 무짱이 직접 준비한 마이크(이런 걸 왜 갖고 있지?)로 내게 말하라고 시켰다. 더듬더듬 말했으나 아무도 걸음을 멈추고 이야기를 들어주지 않았다. 이제 싫어, 울 것 같아, 라고 생각했는데 갑자기 무짱이 내게서 마이크를 빼앗아 외쳤다.

"내 친구가 사는 단지를 갑자기, 아무런 허가도 없이 철거한다고 합니다! 갈 곳 없는 사람이 아주 많아요! 도쿄도가 하는 일이 이상하다고 생각하지 않나요!" 무짱의 큰 소리에 몇 명인가가 걸음을 멈췄다.

"여러분은 그런 폭거가 용납되어도 괜찮다고 생각하시나요!"

"살 곳을 일방적으로 빼앗기는 일이 있어도 괜찮다고 생각하시나요?"

무짱의 멈출 줄 모르는 말에 어디선가 휘익 손가락으로 휘파람을 부는 소리가 들렸다. "옳소!"라고 맞장구치는 사람도 있었다. 나와 구라하시는 계속 말하는 무짱 옆에서 사람들에게 전단을 돌리고 서명해달라고 부탁했다.

"힘내렴"이라고 말하며 서명해준 사람이 아주 많

았다.

"내가 뭔가 할 수 있는 일은 없을까요?"라고 말해준 사람도 있었다. 놀랍게도 무짱의 이야기를 들어준 사람 중에 그 남자가 있었다. 언젠가 나나미 언니에게 편지를 전해달라고 내게 강요하고, 단지 옥상에서 뛰어내리려고 했던 그 남자다. 그가 내게 다가와서 나는 뒤로 물러났다. 오랫동안 씻지 않은 개 같은 냄새가 났기 때문이다.

"나도 돌릴게요……. 전단 돌리기라면 아르바이트를 해서 익숙하니까."

남자가 작은 소리로 말해서 나는 전단 한 뭉치를 건넸다. 남자가 익숙한 손놀림으로 지나가는 사람에게 전단을 돌렸다. 받지 않고 지나가는 사람에게도 굴하지 않고 반강제로 전단을 나눠주었다. 대단하다. 남자를 곁눈질로 보며 나도 힘내서 전단을 돌렸다.

서명해준 사람 중에 도쿄도의 의원도 있었다. 더 놀랍게도 우리를 둘러싼 군중 중에 야간 학교 담임선생님인 미야자키 선생님이 있었다. 다음 날, 학교에 가자 "학교에서도 서명 활동을 해도 좋아"라고 말해주었다. 수업 전에 어제 한 것처럼 무짱이 모두 앞에 서서 단지 철거 이야기를 다시 했다. 무짱은 어제보다 훨씬 말을 잘했다. 교실에서도 모두 열심히 들어주고 서명까지 해주었다. 연말에 우리는 잔뜩 모인 서명을 들고 도쿄도청에도 갔다. 그때, 역에서 이야기를 들어준 의원이 자리를 만들어주었다. 우리는 도쿄에서 제일 높은 사람과 만날 줄 알고 두근거리며 갔는데, 그 사람과는 만나지 못했다. 까다로운 표정의 아저씨에게 아주 묵직한 서명 종이를 건넸다.

그 의원이 앞장서서 우리 생각에 동의하는 '단지 철거 반대 모임'을 설립한 것도 그 무렵이었다. 내게는 전부 다 처음 겪는 일이었다. 우리가 B동 각 집을 방문하면서 주민들에게 했던 이사 설득이나 다음에 살 집을 구하는 구체적인 대책도 철거 반대 모임 사람들이 적극적으로 맡았다. 그래서 나는 전처럼 단지 경비원 일만 해도 괜찮았다.

일이 이렇게 되어서 마음이 놓인 것도 사실이다. 고맙게도 무짱과 구라하시는 이 운동에 열정을 불태웠지만, 나에게는 처음부터 짐이 무거웠다. 무짱과 구라하시는 운동 활동 쪽에 시간을 투자하는 일이 많아졌다. 그래서 자연히 단지 경비원 일은 예전처럼 나와 젠지로 할아버지만 할 때가 많아졌다. 단지 주민이 조금씩 떠났으니까 집을 돌아다니는 일은 금방 끝난다. 그래도 나는 왠지 젠지로 할아버지와 헤어지기 싫어서(어쩌면 젠지로 할아버지도 같은 마음이었을지 모른다) 집을 다 돈 후에도 따사로운 햇볕이 내리쬐는 옥상에서 젠지로 할아버지와 거리를 두고 앉아 남은 빵을 먹거나 포카리스웨트를 마셨다.

우리 가족도 새해 초에 단지를 떠나는 것이 결정되었다.

무짱의 엄마가 집을 소개해주었다. 조금 오래된 집이지만 무짱 집에서도 가까웠다. 게다가 세상에, 나와 나나미 언니에게 각각 방이 있다. 내게는 꿈만 같은 집이었다. 또 연말에 나나미 언니가 드디어, 드디어 일을 그만둔다. 끼기기긱 소리를 내며 내 인생의 커다란 바퀴가 돌아가는 시기일지도 모르겠다고 생각했다.

솔직히 말해서 나 자신은 단지를 떠나기로 해놓

고 태평하게 '단지 철거 반대 모임'에 속해 있는 것 역시 내 마음이 조금 불편한 이유였다. 운동이나 모임 같은 건 역시 나한테는 버겁다. 나는 야간 학교에 가고, 아르바이트하는 빵 공장에서 딸기를 올리고, 이렇게 젠지로 할아버지와 단지의 집을 돌아다니는 정도가 딱 좋다. 공장에서 받은 빵을 포카리스웨트로 삼키며 그런 생각에 잠겼다가 깨달았다.

젠지로 할아버지와 이렇게 단지 경비원을 할 수 있는 것도 길게 잡아야 내년 봄까지다. B동 주민 모두 다른 곳으로 가버리면 단지 경비원으로서 내 일도 끝난다. 기한이 있다. 이 당연한 것을 깨닫지 못했던 내가 어이없었다. 그렇게 생각한 순간, 두 눈에 눈물이 왈칵 차올라서 나도 놀랐다. 나는 훌쩍이며 젠지로 할아버지를 보고 말했다.

"제, 젠지로 할아버지."

그러나 젠지로 할아버지는 내 쪽을 보지 않았다. 빵을 찢어 입에 넣고 우물우물 먹으며 겨울 하늘을 보고 있다.

"저 사람들이 갈 곳도 금방 정해지겠지……."

젠지로 할아버지가 혼잣말처럼 말했다. 저 사람들이란 단지에 아직 남은 사람들이다. 어린애가 고집을 부리는 것처럼 어디로도 안 가겠다고 하지만, 그 의원과 모임 사람들이 어떻게든 설득해줄 것이다. 무짱과 구라하시도 있다.

"미카게가 새로 살 집을 찾아서 다행이다. 나나미도 일을 그만두는 것 같고."

젠지로 할아버지가 마치 자기 자식을 대하는 것처럼 말했다. 그러면서 일어나 허리 주머니에서 펜치를 꺼내 하얀 펜스의 구멍을 막으려고 했다.

옥상으로 나오는 문은 우리가 돌아갈 때 잠그니까 자물쇠를 망가뜨리지 않는 한 여기 들어올 사람은 없을 것이다. 게다가 이 단지는 철거된다. 이제 고치지 않아도 괜찮지 않나 생각하며 나는 젠지로 할아버지의 등에 대고 말을 걸었다.

"저기, 저기, 젠지로 할아버지……."

"뭐냐."

"이 단지가 사라지면 젠지로 할아버지랑 만나지 못해요?"

젠지로 할아버지는 펜스 구멍을 막는 손을 쉬지 않았다.

"이 단지가 사라지면 단지 경비원 일도 사라지지. 그러면 그렇게 바이바이야."

"바이바이라니, 이제 젠지로 할아버지와 만나지 못해요?"

같은 질문을 집요하게 하는 것 같아서 부끄러웠지만 그래도 나는 물어보았다.

"젠지로 할아버지, 어디 사세요? 단지에 살지 않으면서 왜 단지를 위해 이 많은 일을 해요?"

젠지로 할아버지는 철사를 펜치로 꽉꽉 돌려 구멍을 막았다. 그런 다음 마치 신사에 가서 참배하는 것처럼 두 손을 짝짝 쳤다. 이제 다 됐다는 뜻일까.

"예전에 살았어, 이 단지에. 여기 B동에."

"네?"

"미카게 네 어린 시절도 안다. 나나미는 벌써 초등학생이었지만."

젠지로 할아버지가 나에게서 조금 떨어진 곳에 앉았다.

"말은 이래도 당시 나는 일만 아는 인간이어서 여기에는 자려고 돌아올 뿐이었어. 일하느라 전국을 날아다녔지. 빨리 이 단지에서 떠나 집을 짓고 우리 세 가족이 함께 거기에서 살 것이다. 그게 가족 모두의 꿈이라고 믿어 의심치 않았어."

"……."

"아내와 딸이 하나 있는데…… 나는 그 둘을 위해 일하는 것을 살아가는 희망이라고 믿었단다."

겨울 해가 기울었다. 바람이 아주 조금 차가워졌다. 나는 목도리를 목에 둘둘 감았다.

"가정은 돌보지 않았어. 딸이 학교에서 괴롭힘을 당한다는 소리를 아내에게 듣고도 예전부터 자주 있는 일이니까 들은 척도 안 했지. 그게 요즘엔 얼마나 끔찍하고 지독하게 발전했는지 상상도 못 했어. 내 딸이 그런 상황에 놓였다고는 생각하지도 않았지. 전부 아내에게 맡겨놓고. 나는 가족을 위해 일하기만 하면 다른 건 다 잘 굴러간다고 믿었어. 그날까지는."

"그날……."

"딸이 여기에서."

그렇게 말한 젠지로 할아버지가 느릿느릿 일어나 펜스의 철조망을 손가락으로 움켜쥐었다. 나는 그 손가락을 봤다. 힘이 너무 들어가서 손끝 색이 달라질 정도로 젠지로 할아버지는 강하게 철조망을 움켜쥐었다. 언제던가 나나미 언니가 한 말이 진짜였다.

"이런 데서 떨어져봤자 머리로 떨어지지 않는 한은 웬만해선 안 죽어. 대부분 다리가 부러지는 정도로 끝이지. 우리 딸도 그랬지……. 그랬는데 딸은 자기 방에서."

그다음은 젠지로 할아버지의 울음소리에 뒤섞여 들리지 않았다.

젠지로 할아버지가 울고 있다. 젠지로 할아버지는 지금까지 내 앞에서 이런 식으로 감정을 드러낸 적이 없었다. 나는 너무 놀란 나머지 이상하게 연신 재채기가 나왔다. 우는 젠지로 할아버지를 보고 싶지 않아서 시선을 피했다. 참으려고 해도 흘러나오는 듯한 젠지로 할아버지의 오열을 들으며 나는 크림빵 같은 구름이 조각조각 잘려 형태를 바꾸며 푸른 하늘에 녹아드는 모습을 그저 가만히 지켜보았다.

"딸은 좁은 단지의 좁은 방에서 혼자 가버렸어. 아무도 모르게 저 혼자서."

휘우웅 회오리바람 같은 바람이 내 뺨을 어루만지는 것처럼 불었다.

"나는 내 가족조차 만족스럽게 돌보지 못했어. 마음을 써주지 못했지. 인과응보야. 저만 알았던 인간이 받는 당연한 업보지."

그러더니 젠지로 할아버지가 빡빡머리에 가까운 자기 머리를 이리저리 쓸었다.

"다른 사람을 위해 뭔가 해야겠다고 생각해서 단지 경비원을 시작한 게 아니야. 내가 외로웠으니까 했어. 가족도 떠나고 말할 상대도 없으니까. 닫힌 문 너머에 있는 누군가와 어떻게든 말하고 싶었어. 나를 위해서야. 고작 그 이유로 시작했어."

"하지만 젠지로 할아버지 덕분에, 젠지로 할아버지가 단지 경비원을 한 덕분에 도움을 받은 가족이나 사람이 많이 있잖아요. 지금도 젠지로 할아버지가 오기를 기다리는 할아버지랑 할머니가 많이 있을 거예요. 모두 젠지로 할아버지에게 도움을 받았어요. 우리 집도 그랬어요. 나나미 언니가 말했어요. 제가 어렸을 때, 천식 발작을 일으켰을 때, 젠지로 할아버지가 병원에 데려가줬다고……."

"……."

"젠지로 할아버지, 정말 감사했습니다. 그때 저도 나나미 언니도 아마 제대로 인사를 못 드렸겠죠. 젠지로 할아버지가 병원에 데려다주지 않았다면 저는 목숨이 위험했을지도 몰라요."

"……고맙다는 말은 됐다, 미카게. 그 말은 내가 해야 해. 만약 지금 딸이 살아 있다면 이랬겠구나, 이런 얘길 할 수 있었겠구나, 하고 너를 내 딸처럼 여겼어. 마치 내 딸과 함께 있는 것 같아서 화요일과 목요일이 얼마나 즐거웠는지 모른다. 몸이 그다지 튼튼하지도 않은 너를 뭔지도 모를 단지 경비원이라는 내 놀이에 끌어들여서 정말 미안했다."

젠지로 할아버지가 고개를 숙였다. 덩달아 나도 고개를 숙였다.

그때 단지 아래에서 요란한 소리가 들렸다. 젠지로 할아버지와 둘이서 펜스에 얼굴을 대고 아래를 봤다.

삑, 삑, 경비원이 부는 호루라기 소리와 몇 대나 달려오는 트럭의 소음이 들렸다.

"벌써 시작인가……."

"네?"

"철거 준비야……."

"네? 벌써요? 철거는 내년 봄에 시작하는 거 아니었어요?"

"내년 봄에 곧바로 철거할 수 있게 지금부터 준비하는 거야. 단지 주변은 높은 펜스에 가려질 거다. 사람이 떠난 동부터 금방 철거를 시작하겠지."

그 말을 한 순간, 젠지로 할아버지가 두 손으로 머리를 감싸더니 그 자리에 주저앉았다. 나는 젠지로 할아버지가 분해서 그러는 줄 알았다. 그런데 젠지로 할아버지는 앉은 채 움직이지 않았다.

겨울바람이 차갑게 부는데 이마에 땀방울이 맺혔다.

"젠지로 할아버지!"

나는 젠지로 할아버지의 팔을 잡고 내년 봄이면

철거될 단지 옥상에서 외쳤다. 구급차를 불러야 해. 배낭을 뒤져 간신히 스마트폰을 찾았다. 얼른 구급차를 불러야 한다. 그래야 하는데 손가락이 떨려서 번호를 누르지 못하겠다.

"젠지로 할아버지, 여기 있어요! 금방 다시 올 테니까!"

나는 젠지로 할아버지의 몸을 옥상에 눕히고, 젠지로 할아버지 머리 아래에 내 목도리를 넣었다. 옥상 문을 열고 계단을 야생 토끼처럼 뛰어 내려갔다. 나나미 언니에게 알려서 구급차를 불러달라고 해야지. 나는 태어나서 처음으로 계단을 두 단씩 내려갔다. 숨이 조금 괴로운 것 같았지만 지금은 그럴 상황이 아니다. 빨리, 빨리, 젠지로 할아버지를 병원에 데려가야 한다. 3층인 우리 집으로 가는 계단이 너무도 멀고 험난한 길 같았다.

B3동 옥상에서 젠지로 할아버지가 쓰러지고 일주일이 지났다.

나는 학교를 다니고 아르바이트를 하는 틈틈이

시간이 나면 젠지로 할아버지의 병원에 갔다.

젠지로 할아버지의 입은 산소 흡입기에 덮였고, 몸에서 튜브가 잔뜩 뻗어 나왔다. 침대에 누운 젠지로 할아버지는 언제 찾아가도 눈을 전혀 뜨지 않았다. 잠든 게 아니라 혼수상태라고 한다.

그날, 단지 옥상에서 젠지로 할아버지 머릿속에 있는 어느 혈관이 파열되었다고 한다. 파열한 곳은 수술로 고쳤지만 또 한 군데, 혈관에 피가 뭉쳐진 커다란 혹 같은 게 있어서 약으로 억누르고 있는데 그게 언제 터질지 모르고, 수술하기 매우 어려운 부위에 있다고 한다. 그 혹 같은 것이 터지면 더는 손을 쓸 수 없다고 했다.

나는 그런 이야기를 젠지로 할아버지의 부인에게 들었다. 젠지로 할아버지의 부인, 요시코 할머니와는 병원에서 처음 만났다. 자그마한 할머니로 화장을 안 했는데도 얼굴이 반짝반짝 빛나는 활기찬 여성이었다.

병원에서 "저기, 저는 단지 경비원인"이라고 나를 소개하려고 하자, "미카게지? 남편한테 얘기 많이 들었어. 또 너는 기억 못 할 수도 있는데 우리가 단지에 살 적에, 네가 아직 어렸을 때를 기억한단다……. 이렇게 자라다니"라며 마치 친척 할머니처럼 웃었다.

나도 왠지 처음 만나는 사이 같지 않았다. 젠지로 할아버지와 요시코 할머니는 같이 살지는 않는다고 한다. 젠지로 할아버지가 어디에 사는지도 들었다. 언젠가 젠지로 할아버지가 데려가준 엄마의 맨션 바로 옆이었다.

"거기 제일 위층에 살아. 단지 숲이 보인단다." 문병하러 온 사람이 쉬는 용도로 보이는 곳에서 요시코 할머니가 말했다. 그 말을 듣고 나는 창밖을 봤다. 이 병원에서는 단지 숲이 훨씬 멀리 있어서 빌딩만 보인다. 젠지로 할아버지, 의식을 회복하면 틀림없이 실망하겠지. 요시코 할머니가 내 얼굴을 보다가 놀란 표정으로 말했다.

"남편이 너한테 단지 경비원 일을 하자고 한 마음을 이해하겠어. 지금 미카게…… 우리 딸이랑 아주 닮았네……. 미안하구나. 갑자기 이런 소릴 해서. 우리 딸 이야기, 남편한테 들었니?"

"네……." 나는 살짝 고개를 끄덕였다.

요시코 할머니는 딸을 떠나보낸 뒤, 너무도 슬퍼서 단지에서 떠났고 지금은 단지가 보이지 않는 곳에 산다고 했다. 젠지로 할아버지는 요시코 할머니와 반대로 단지에서 떠날 수가 없었던 것 같다.

"단지 경비원이라니 어쩜, 너무 성가셨지? 그이의 놀이에 너까지 휘말리게 하다니……."

"아니에요, 즐거웠어요." 나는 나도 모르게 과거형으로 말했다는 사실에 깜짝 놀랐다.

"아, 아니요, 단지 경비원 일은 마지막까지 제대로 할 거예요."

"하지만 남편도 이런 상태이고, 단지는 이제 철거가 정해졌잖니. 미카게도 학교가 있고……."

"학교는 야간 학교이고 아르바이트가 없는 날에 단지 경비원을 하니까 괜찮아요. 게다가 B동에 남은 건 우리 집 이외에 딱 한 분뿐이에요. 그분이 이사할 때까지 단지 경비원으로서 제대로 일할 거예요."

내가 말하자 요시코 할머니는 울면서 웃는 듯한 얼굴로 나를 보며 말했다.

"이렇게 성실한 면도……. 얼굴이 닮으면 성격도 닮는 걸까……."

딸 이야기이려나 생각했으나 나는 아무 말도 하지 않았다.

젠지로 할아버지가 입원한 뒤에도 나는 혼자 단지 경비원 일을 이어갔다.

그렇지만 요시코 할머니에게 말한 대로 B3동에는 우리 집 이외에는 4층에 사는 나미에 할머니뿐이었다.

나나미 언니는 단지 철거가 결정됐을 때부터 "새해가 되면 바로 이사하는 거야!"라고 말했지만, 나는 아마도 태어나서 처음으로 나나미 언니에게 반항했다.

"나미에 할머니가 이사하는 걸 지켜본 다음에 이사하고 싶어"라고.

이 말을 하는 것이 무서웠지만 나나미 언니에게 그렇게 선언했다. 즉, B동에서 제일 마지막으로 이사할 생각이다. 단지 경비원으로서 그러는 게 당연하다고 생각했다. 나는 "언니 혼자 먼저 이사해도 돼. 나는 나중에 쫓아갈 테니까!"라고까지 말했다.

나나미 언니는 "정말이지! 단지 경비원이 된 후로 미카게, 반항기가 시작됐어!"라고 투덜거렸는데 최종적으로는 이해해주었다. 나와 나나미 언니는 나미에 할머니가 이사할 때까지 단지에 머물기로 했다.

나는 화요일과 목요일, 혼자 나미에 할머니 집을 방문했다. 나미에 할머니의 건강한 모습을 보면 그걸로 좋았다. 나미에 할머니도 단지 철거 반대 운동에 협조해준 의원의 연줄로 운 좋게 해가 바뀌면 여기에서 그리 멀지 않은 도영道營 단지에 이사하기로 정해졌으니까. 그래도 내가 나미에 할머니의 집에 찾아가면 나미에 할머니는 "맛있는 쿠키가 있으니까 먹고 가렴"이나 "마침 홍차를 우렸어. 추우니까 마시고 가렴"이라고 하며 나를 집 안에 들이려고 했다. 젠지로 할아버지가 있으면 포카리스웨트와 빵을 건네고 바로 나올 테지만, 이제 나미에 할머니의 집 이외에 방문할 집이 없으니까 잠깐이라면 괜찮다고 생각해 나는 나미에 할머니의 집에 들어갔다.

맛있는 쿠키는 언제나 조금 눅눅했고 설탕과 우유를 듬뿍 넣은 홍차도 완전히 식었지만, 그래도 나는 나미에 할머니 집의 고타쓰*에 들어가 나미에 할머니와 잠깐 대화를 나눴다. 나미에 할머니는 B동에 사는 다른 할아버지나 할머니처럼 말이 그렇게 많지 않고, 내 사정을 이리저리 캐묻지도 않았다.

"내일 날씨도 좋다는구나."

"그러게요."

"빨래가 잘 마르겠어."

"맞아요!"

쿠키와 홍차를 먹고 마시며 이런 대화를 나누다가 나미에 할머니가 건강하다는 걸 슬쩍 확인한 후 "그럼 또 올게요!"라고 말하고 집에서 나왔다.

나미에 할머니도 나를 오랫동안 붙잡지 않았다.

무쨩과 구라하시는 한동안 단지 철거 반대 운동일로 바빠 보였는데, 어느 화요일 오후 갑자기 함께 우리 집에 와서 말했다.

---

* 상판과 다리가 분리된 테이블 아래에 열원을 놓고 이불을 덮어서 쓰는 일본의 난방 기구.

"B동의 마지막 사람까지 책임지고 우리가 지켜봐야지."

"미, 미, 미안해. 지금까지 미카게한테만 경비를 맡겨서……."

그렇게 말하는 둘 다 가슴에 노란 별 모양 배지를 달고 있어서 재미있었다.

"그런 건 신경 안 써도 돼. 그런데 반대 운동 쪽은 괜찮아? 너희가 없어도?"

"이, 이, 이제 우리가 할 수 있는 건 별로 없어. 다, 다, 다양한 어른들이 뒤섞여서……."

구라하시는 마지막까지 확실하게 말하지 않았는데, 무짱이 "고등학생은 입 다물라느니 얌전히 있으라느니 해서 대판 싸웠어. 구라하시랑 어떤 사람이"라고 말하며 한바탕 웃었다. 구라하시의 귀가 새빨갛게 물들었다.

"구라하시도 싸울 줄 안다 싶어서 놀랐어."

무짱이 또 유쾌하게 말했다.

"모, 모, 모두가 정말로 단지 철거를 반대해서 그 운동에 참여한 것만은 아니니까. 순수하게 반대해준 사람도 있지만……."

구라하시의 마지막 말을 기다렸으나 끝까지는 확실하게 말하지 않았다. 내가 더 들을 것도 없었다. 아무튼 젠지로 할아버지가 쓰러진 지금, 다시 무쨩과 구라하시가 단지 경비원 일에 돌아온 것은 내게 아주, 아주 기쁜 일이었다. 그래서 화요일과 목요일, 오로지 나미에 할머니의 집을 방문하기 위해서 우리는 단지 경비원으로서 다시 활동하게 되었다.

나미에 할머니는 나 한 명에서 갑자기 세 명으로 늘어난 방문자를 싫은 표정 없이 맞이했다. 나 혼자일 때와 마찬가지로 나와 무쨩과 구라하시를 집으로 들여 쿠키나 홍차를 대접해주었다. 나중에는 습기 없는 고급스러운 쿠키와 귤까지 준비해줘서 무쨩이 자기도 모르게 나온 말처럼 나미에 할머니에게 말했다.

"나미에 할머니. 우리는 아무것도 필요 없어요. 돈은 다음 집에 가서 써요."

내가 생각했던 바를 똑같이 말해줘서 다행이라고 생각했다.

"하지만 손주가 셋이나 와준 것 같아서 기쁜걸."

나미에 할머니는 이렇게 말했지만 무짱이 안 된다고 무서운 표정을 짓자 "알았다"라며 조금 불만스러워 보이긴 해도 받아들였다. 나미에 할머니가 우리의 방문을 기다린다는 것은 잘 알 수 있었다. 지금까지와 다르게 나미에 할머니의 집만 방문하면 되니까 우리도 시간이 있었다. 나 혼자일 때는 서로 절도를 지키며 만났는데, 세 사람이 되자 우리는 뻔뻔하게 나미에 할머니 집의 고타쓰에 들어가 앉아서 나미에 할머니와 얘기하고 돌아오는, 아마도 젠지로 할아버지가 알면 혼쭐을 낼 단지 경비원이 되고 말았다.

나미에 할머니는 오랫동안 호스티스로 이 동네에서 일했다고 했다. 벽장에서 아주 화려한 의상을 꺼내서 보여줬고, 서랍 가득 든 화장 도구(전부 오래됐지만)도 보여줬다. 새빨간 매니큐어를 꺼내 내 손톱에 발라주기도 했다. 나미에 할머니와 우리는 아주 친해졌다. 어느 날 무짱은 "저 조금만 자도 돼요?"라며 고타쓰에 다리를 넣은 채 잠들었을 정도다. 나미에 할머니는 무짱에게 담요를 덮어주었다. 아주 기분 좋게 자는 무짱을 깨우지 않으려고 나와 구라하시와 나미에 할머니는 작은 목소리로 대화했다.

지금까지 대화하면서 나미에 할머니가 본인 인생을 한탄한 적은 한 번도 없다. 단지가 철거되는 것도, 인제 와서 이사해야 하는 것도 담담히 받아들이는 것으로 보였다. 그래도 딱 한 번, 나미에 할머니는 본인 인생을 돌이키는 듯한 말을 했다.

"내 인생이 이런 식으로 끝나리라곤 생각도 못 했어……."

"이, 이, 이런 식으로요?" 구라하시가 물었다.

"내가 젊었을 적에는 말이다, 미래라는 게 저 앞까지 빛이 비치는 것처럼 밝고 좋은 일만 생기는 거라고 믿었어. 언젠가 반드시 좋은 일이 생긴다고 믿으며 살았지. 시대도 그런 시대였고……."

"……쇼와 시절인가요?" 내가 물었다.

"그래, 그때쯤인가……. 전쟁은 졌어도 일본에 태어나서 다행이라고 진심으로 생각한 시기야. 그런데 어느샌가 나뿐만 아니라 주변도 가난해진 것 같아. 언제부터 그렇게 되었을꼬……."

그러면서 나미에 할머니가 벽에 걸린 달력의 숫

자 중 어딘가를 지그시 바라보았다. 그 오른쪽 눈이 불투명 유리처럼 희고 탁했다.

"그, 그, 그래도 우리는 그 시대를 몰라요. 태어나서 지금까지 계속 이래서."

"그렇지, 너희에게는 어떤 시대든 미래가 있지. 미안하구나, 이런 소릴 해서……. 먼저 산 사람이 이런 소리를 하면 안 되지. 너희 도움을 받으면서 이런 소리를 하면."

거기까지 말한 나미에 할머니의 목소리가 떨렸다. 놀라서 나미에 할머니를 보자, 눈에 눈물이 가득 고여 있었다.

"새로운 집에 가는 건 기쁘단다. 살 곳을 찾아준 의원님에게도, 너희에게도 정말 감사해. 하지만 이제 너희와 만나지 못하겠지."

그러더니 나미에 할머니가 고타쓰에 엎드려 울었다.

어린애 같은 울음이었다. 나는 구라하시와 얼굴을 마주 보았다.

"저기, 나미에 할머니."

내 입이 멋대로 움직였다. 나미에 할머니가 울면서 고개를 들었다.

"저, 이사한 뒤에도 나미에 할머니 집에 가도 되나요?"

"응? 하지만……."

"나미에 할머니가 주시는 달콤한 홍차를 마시고 싶어요. 단지 경비원 일이 끝나는 거, 저도 사실은 슬퍼요. 저기, 그러니까 단지 경비원의 새로운 일로 나미에 할머니의 새로운 집에 가도 되나요?"

"저, 저, 저도 갈래요."

"나도 갈래요."

어느새 깬 무짱이 잠에 취해 끼어들었다.

"내가 만나고 싶으니까." 그 말을 듣자, 나미에 할머니의 얼굴이 조명 켜진 것처럼 반짝 밝아졌다.

"그래도 나미에 할머니. 과자랑 차를 준비하지 않아도 돼요. 우리가 가지고 갈 테니까요. 그러지 않으면 젠지로 할아버지한테 혼나요. 알았죠?"

무짱이 말하자 나미에 할머니가 또 착한 표정으로 "그럼" 하고 고개를 끄덕였다.

그렇게 B3동의 마지막 주민 나미에 할머니가 새로운 집으로 이사했다. 우리는 나미에 할머니의 짐 꾸리기를 돕고 짐 풀기도 도왔다. 나미에 할머니의 새로운 집은 야간 학교 바로 근처였다. 단지와 비슷하게 오래됐지만, 단지보다 튼튼해 보이니까 큰 지진이 와도 괜찮을 것 같았다.

나미에 할머니의 새로운 집을 정리하는데, 나미에 할머니가 내 어깨를 쿡쿡 찔렀다. 돌아보자, 나미에 할머니가 빨간 봉지를 세 개 들고 있었다.

"그게 뭐예요, 나미에 할머니?"

"사례할 만한 게 아무것도 없어서. 나는 이런 것밖에 줄 게 없구나."

무짱과 구라하시를 불렀다. 나미에 할머니가 우리 한 명 한 명에게 봉지를 손수 건넸다. 봉지를 열자, 안에서 털실로 짠 장갑이 나왔다. 나는 빨강, 무짱은 노랑, 구라하시는 초록이었다.

"와! 정말 고맙습니다!" 내가 반사적으로 말하자 나미에 할머니가 "이렇게 많은 일을 도와줬는데 이런 것밖에 못 줘서 미안하구나"라며 면목 없다는 표정을 지었다.

"나, 노란색 진짜 좋아해요!" 무짱이 곧바로 장갑을 끼고서 말했다.

"게, 게, 게다가 셋이 한 쌍이고요." 구라하시가 쑥스러워하며 말했다.

나미에 할머니의 장갑은 따뜻했고, 우리가 몇 번이나 고맙다고 하자 다음에는 모두에게 목도리를 떠 주겠다고 약속했다.

나미에 할머니의 집에는 화요일과 목요일에 가기로 약속했다. 우리가 나미에 할머니의 집을 방문하는 걸 알아도 젠지로 할아버지가 화를 내지는 않을 것 같았다.

그해의 마지막 날이 왔고, 나나미 언니가 드디어 밤일을 그만두었다. 나는 진심으로 안도했다. 우리 이사도 1월 말로 정했다. 단지 주변은 이미 높은 벽에 완전히 둘러싸여서, 그렇게 반대 운동을 하고 서명을 모아도 안 되는 일은 안 된다는 걸 알았다. 실망했지만 달리 어떤 일을 할 수 있었을지 생각해봐도 아무것도 떠오르지 않는 내가 한심하기도 했다.

12월 31일 밤에는 나나미 언니와 무짱과 구라하시와 다 같이 우리 집에서 밥을 먹었다. 무짱이 엄마 가게에서 요리를 잔뜩 가지고 왔다. 우리 집에서 나는 소리 이외에 아무 소리도 나지 않아 단지는 아주 고요했다.

"이제 아무도 없으니까 밖에서 이거 하자." 무짱이 이유는 모르겠으나 불꽃놀이 폭죽이 잔뜩 든 봉지를 들고 말했다. 왜 마지막 날에 불꽃놀이인가 싶었는데, 무짱이 "친구랑 불꽃놀이를 하는 게 꿈이었어. 내 꿈을 오늘 이루어주라"라며 두 손을 모아 나와 구라하시에게 부탁했다. 나는 "에이"라고 투덜대며 귀찮다는 듯이 코트를 입었지만 속으로는 아주 신났다. 나나미 언니는 얼어 죽을 것 같다며 나오지 않았다.

한밤중의 불꽃놀이는 아름다웠고 즐거웠다. 높은 벽 앞에서 우리는 차례차례 폭죽에 불을 붙였다. 불이 붙은 폭죽을 빙글빙글 돌리며 그 잔상을 구경하고, 누구의 스파클러 폭죽이 제일 오래 타는지 경쟁하며 어린아이처럼 불꽃놀이를 즐겼다. 나는 B동 계단에 앉아 무짱이 로켓 폭죽에 불을 붙이는 걸 멍하니 지켜보았다.

그때 내 코트 속 휴대폰이 울렸다. 전화를 받자 요시코 할머니였다. 펑, 불꽃이 하늘에서 터지는 소리가 났다. 왠지 너무도 불길한 예감이 들었다.

12월 31일, 조금만 있으면 새해가 되는 시간에 나와 무짱과 구라하시는 젠지로 할아버지가 입원한 병원에 갔다.

입구는 이미 닫혀서 우리는 구급 전용 출입구라고 적힌 곳을 지나 병원으로 들어갔다. 병원에는 연말 분위기도 연초 분위기도 없었다. 그곳은 늘 봤던 병원의 풍경 그대로였고, 구급 전용 출입구 밖에 구급차가 서더니 병 때문인지 부상 때문인지는 알 수 없으나 담요를 덮은 사람들을 구급대원들이 병원 안으로 옮겼다. 병원 안, 까만 비닐 레더 의자에는 상태가 안 좋아 보이는 어린이나 어른이 진찰 순서가 오기를 얌전히 기다렸다.

우리 세 사람은 발소리를 내지 않고 어두워진 복도를 걸어 젠지로 할아버지의 병실로 갔다. 병실 문을 열자, 침대 옆에 있던 요시코 할머니가 우리를 보고 손짓해서 불렀다. 병실에는 젠지로 할아버지의 친척이거나 친구로 보이는, 네댓 명의 사람들이 젠지로 할아버지의 침대 주변을 둘러싸고 있었다. 나는 그 사람들에게 인사하고 침대로 다가갔다. 요시코 할머니 옆에 세 사람이 나란히 서서 젠지로 할아버지의 얼굴을 봤다.

젠지로 할아버지는 얼마 전에 봤을 때보다 훨씬 더 작게 축소된 것 같았다. 입은 역시 산소 흡입기에 덮였고, 몸에서 튜브가 잔뜩 뻗어 나왔다. 게다가 눈을 감은 채 꼼짝하지 않았다. 젠지로 할아버지가 누운 침대 머리 위에는, 저번에는 없었던 기계가 놓여서 아마도 젠지로 할아버지의 고동으로 보이는 그래프를 삑삑거리는 소리와 함께 보여주었다.

"이제 시간문제야……."

요시코 할머니가 아까 전화로 한 말을 또 했다. 의미를 잘 이해할 수 없었는데, 아마 젠지로 할아버지의 인생에서 남은 시간을 말하는 걸까 생각했다.

"귀는 마지막까지 들린다고 해. 혹시 남편에게 뭔

가 하고 싶은 말이 있다면……." 그러면서 요시코 할머니가 새빨갛게 부은 눈에 손수건을 댔다. 무슨 말을 하면 좋을까…… 고민하는데 내 옆에 있던 무짱이 갑자기 젠지로 할아버지 귀에 입을 댔다.

"젠 할아버지! 죽을 때가 아니야! 할 일이 아직 많이 남았잖아요!"

무짱이 크게 외쳐서 깜짝 놀랐다. 그래도 무짱의 말을 듣고 요시코 할머니나 병실에 있던 사람들이 큰 소리로 울기 시작했다. 무짱의 커다란 눈에서 눈물이 뚝뚝 떨어져서 젠지로 할아버지의 몸을 덮은 하얀 이불에 물방울무늬가 생겼다. 무짱은 또 뭔가 말하고 싶었던 것 같은데, 구라하시가 무짱의 어깨를 살그머니 안아주자 아무 말 없이 젠지로 할아버지의 침대에서 떨어져 선 채로 훌쩍거리며 울었다. 무짱은 어린애처럼 눈 주변을 팔로 쓱쓱 훔쳤다.

구라하시는 부끄러운지 남들에게 들리지 않을 작은 소리로 젠지로 할아버지에게 뭔가 말했다. 그래도 마지막에 한 "그동안 감사했습니다"라는 말만은 똑똑히 들렸다. 구라하시가 나를 봤다. 나는 젠지로 할아버지에게 다가갔다.

지금 무슨 말을 하면 좋을지 몰라 머릿속이 혼란스러웠지만, B동 사람들 전원 다른 곳으로 이사했다는 말은 해야 한다고 생각해서, 그걸 젠지로 할아버지 귀에 대고 말했다. 그리고 지금까지 감사했습니다, 라고 말하려 했는데 갑자기 마음속에 폭풍이 부는 것 같았다.

어? 젠지로 할아버지, 이대로 죽는 거야? 거짓말!

그런 생각이 들자, 젠지로 할아버지가 말을 걸어준 그날 오후의 일이나, 둘이서 단지의 집을 돌아다닌 날들의 일이나, 거기에 무짱과 구라하시가 합류한 일이나, 젠지로 할아버지가 옥상에서 떠난 딸 이야기를 들려준 일이, 한순간씩 내 머릿속에서 슬라이드 사진처럼 재생되기 시작해 멈추지 않았다.

싫어, 싫어, 나의 의지에 반해 목소리가 나오고 말았다.

"젠지로 할아버지, 죽는 거야?"

나는 옆에 선 무짱과 구라하시에게 물었다.

무짱은 내게서 시선을 피해 볼을 부풀리고 병실

바닥을 내려다보았다. 구라하시의 눈은 똑바로 나를 바라보았다. 구라하시가 고개를 끄덕였고 요시코 할머니의 큰 울음소리가 들려서, 나는 이게 악몽이 아니라 현실이라는 걸 새삼스럽게 깨달았다.

젠지로 할아버지가 쓰러진 날부터, 나는 젠지로 할아버지의 병이 나아서 할아버지가 단지로 돌아온다고 생각했다. 다시 둘이서…… 아니, 무짱과 구라하시와 넷이서 단지의 집을……. 거기까지 생각했다가 불현듯 깨달았다. 만에 하나 젠지로 할아버지가 돌아오더라도 우리가, 젠지로 할아버지가 지켜야 할 단지는 이제 곧 사라진다. 나는 단지를 결국 지키지 못했다. 그건 내가 느낄 필요 없는 책임감일지도 모르나, 엄청난 후회가 높은 파도처럼 나를 덮쳤다. 세계가 빙글빙글 돌기 시작했다. 눈앞이 새까매졌다. 나는 바닥에 쪼그려 앉아 울었다. 무짱이 나를 안아 방 한쪽에 있는 의자에 앉혀주었다. 삐이이익, 바로 그때 경고음 같은 소리가 들렸다. 요시코 할머니가 "여보!" 하고 큰 소리로 외쳤다.

복도 저 멀리서 누군가가 분주하게 병실로 달려

오는 소리가 났다. 파란 옷을 입은 남자와 여자가 병실로 들어왔다. 남자…… 아마도 의사가 젠지로 할아버지의 심장 주변에 두 손을 겹치고 리듬을 타는 것처럼 몇 번이나 눌렀다. 의사가 보는 것은 젠지로 할아버지 머리 위에 있는 기계 화면이었다. 조금 전까지 그 화면에 볼록 올라왔다가 내려가며 표시되던 그래프는 사라지고 선이 옆으로 일직선을 그을 뿐이었다. 젠지로 할아버지의 가슴 주변을 계속 누르는 의사의 얼굴이 새빨갰다. 미간에 깊은 주름이 잡혔다. 그래도 의사는 손을 멈추지 않았다. 그렇게 얼마나 지났을까. 요시코 할머니가 의사의 팔을 건드리고 작게 말했다.

"선생님, 이제……."

의사는 요시코 할머니의 얼굴을 보고, 화면을 보고, 젠지로 할아버지의 얼굴을 본 후 축 처졌다. 그래도 곧바로 손목시계를 보고 말했다.

"사망 시각. 오전 1시 23분."

의사가 요시코 할머니에게 깊이 고개를 숙였다. 요시코 할머니는 젠지로 할아버지의 머리를 안고 큰 소리로 울었다. 그 소리를 듣자 가슴이 막혔다. 젠지로 할아버지가 떠났다. 어디로? 여기가 아닌 먼 곳으로. 아마도 지구의 빛이 도달하지 않는 아주아주 먼 곳이다.

"가, 가족끼리 있게 해주자."

구라하시가 그렇게 말해서 우리는 조용히 병실에서 나왔다. 아무도 없는 어두운 복도에도 요시코 할머니의 울음소리가 들렸다.

창밖은 아직 날이 밝지 않았다. 새까만 어둠에 빌딩 불빛만이 보였다.

우리는 젠지로 할아버지의 병실을 떠나 1층의 로비 같은 곳으로 갔다. 물론 거기에 우리 이외의 사람은 없다. 모두 제각각 떨어진 자리에 앉았다. 무짱은 우리 이외에 아무도 없어서 안심했는지 큰 소리로 흐느끼며 울었고, 나는 그 소리를 들으며 또 울었다. 구라하시는 나와 무짱처럼 울지는 않았지만 때때로 손으로 눈을 비볐다. 구라하시가 일어나 자판기에서 따뜻한 코코아를 사서 나와 무짱에게 줬다. 고맙다고 말한 다음 코코아를 받아 마시자 아주 조금 마음이 차분해졌다. 무짱이 와서 내 옆에 앉았다. 무짱 옆에 구라하시가 앉았다. 무짱이 내 어깨에 손을 올리고 거기에 자기 머리를 기대고서 말했다.

"사람이 죽으면 이렇게 슬픈 줄 몰랐어."

"응." 나와 구라하시가 동시에 말했다.

"우리도 언젠가 이런 식으로 죽을까?"

내가 묻자, 무짱이 새빨간 눈으로 소리 없이 고개를 끄덕였다.

"……"

무짱이 내 얼굴을 보고 입을 꾹 다물었다. 무짱이 도움을 청하는 듯이 구라하시를 봤다.

"그, 그, 그래도 매일, 매일 죽어도 매일, 매일 태어나니까……"

나와 무짱은 구라하시를 바라보았다.

"그, 그, 그, 그러니까 괜찮아."

"……"

도대체 뭐가 괜찮은지 모르겠지만, 머리 좋은 구라하시가 그렇게 말한다면 아마 괜찮겠지. 우리는 그 후로 또 한바탕 울고 병원에서 떠났다.

이미 새해를 맞이한 거리도, 거기 있는 수많은 사

람도 어딘가 들뜬 분위기여서, 우리처럼 울어서 새빨개진 눈으로 비틀비틀 걸어 다니는 사람은 없었다. 나는 무짱과 구라하시 사이에 서서 두 사람과 손을 잡고 걸었다. 이제 젠지로 할아버지가 없는 세계를.

언제였던가, 나는 시체를 보고 싶다고 생각한 적이 있었다.

그리고 그 시체가 지금 내 눈앞에 있다. 관에 누운 젠지로 할아버지는 마치 밀랍 인형 같다. 화장한 것처럼 뺨과 입술만 부자연스럽게 불그스름하다. 아, 정말로 젠지로 할아버지의 의식이나 마음이나 영혼이 어딘가로 가버렸고, 몸은 그저 남아 있는 그릇이라는 느낌이었다. 이제 눈물은 별로 나오지 않았다. 대신 나는 젠지로 할아버지의 시체(유체라고 해야겠지만)를 가만히 관찰했다.

우리는 장의사의 재촉을 받아, 젠지로 할아버지 주변에 건네받은 꽃을 놓았다. 옆에 있던 무짱이 우연을 가장한 것처럼 손등으로 젠지로 할아버지의 뺨을 건드렸다. 그러고는 내 얼굴을 보더니 눈을 동그랗게 뜨고 귓속말했다.

"만져보지?"

엑, 싫었지만 관을 둘러싼 사람 중에 젠지로 할아버지의 이마나 뺨이나 손을 만지는 사람도 적지 않았으니까 해도 되는 일이겠거니 싶어 나도 손바닥으로 할아버지의 뺨을 만져보았다. 차가워서 놀랐다. 죽은 사람은 차갑다. 젠지로 할아버지 주변에 놓은 드라이아이스 때문이려나 했는데, 표면뿐 아니라 몸 중심부터 차가워진 느낌이다. 심장이 멈추면 따뜻한 혈액이 전신을 순환하지 못하기 때문이다. 이런 차가움도 나는 젠지로 할아버지가 죽지 않았다면 몰랐을 것이다.

구라하시가 단지 경비원의 노란 별 모양 배지를 관에 넣으려 했는데, 무쨩이 그 손을 세게 움켜쥐었고, 구라하시를 보며 고개를 저었다. 그 단지에서의 경비원 일은 일단 끝이다. 그래도 우리가, 젠지로 할아버지가 만든 단지 경비원이었다는 사실은 평생 변하지 않는다. 그러니 이 배지는 계속 가지고 있자. 그렇게 생각하자 젠지로 할아버지가 죽었을 때와는 또 다른 눈물이 샘솟았다. 뚜껑이 닫히고, 젠지로 할아버지의 관이 은색의 작은 문 너머로 스르륵 들어갔다. 요시코 할머니가 우는 소리가 길게 울려 퍼졌다. 그 목소리가 또 내 가슴을 꽉 조여들게 했다.

그 후로는 다 같이 젠지로 할아버지의 몸이 타는 것을 기다렸다. 이제 우는 사람은 거의 없다. 맥주를 마셔서 얼굴이 새빨개진 아저씨도 있었다. 잠깐 기다리다가 또 아까 은색 문 앞에 모였다. 관도, 수많은 꽃도, 젠지로 할아버지의 몸도 이제 거기에 없고, 따끈따끈 구워진 뼈만 있었다. 본 적 없지만 말라버린 산호가 이렇지 않을까 생각하며 주변 사람들을 흉내 내 우리도 뼈를 주웠다.

화장터를 나오자 도쿄의 겨울다운 새파란 하늘이 펼쳐졌다. 너무 새파래서 여기가 지구라는 걸 새삼스레 떠올리게 하는 투명한 파랑이었다. 눈을 감자, 아까 봤던 젠지로 할아버지의 새하얀 뼈가 떠올랐다. 죽은 젠지로 할아버지는 천국에서 죽은 딸과 만났을까. 그랬으면 좋겠다. 길쭉한 젓가락 같은 것으로 뼈를 집었을 때의 바삭바삭한 소리만이 언제까지고 내 귓가에 남아 울리는 것 같았다.

단지를 철거하는 분위기는 매일매일 달아올라서, 전보다도 더 많고 높은 벽이 단지를 둘러쌌다. 어느새 단지 안쪽에 셔블로더 같은 콘크리트를 부수는 화려한 기중기가 놓였다. 이제 누구도 방해하게 두지 않겠다는 듯이.

젠지로 할아버지의 장례식이 끝나고 보름 후, 나나미 언니와 나는 새로운 집으로 이사했다. 우리는 B동 마지막 주민이었다. 단지의 집을 나오기 전에 나는 베란다에 혼자서 서봤다. 바짝 마른 겨울 밭에 이제 젠지로 할아버지는 서 있지 않다. 나를 발견해준 젠지로 할아버지는 이제 정말로 없다. 또 눈물이 날 것 같아서 흡, 하고 순간 참았는데 누가 알 바냐 싶어 나는 눈물이 흐르게 뒀다.

젠지로 할아버지가 떠난 뒤에도 나와 무짱과 구라하시 세 사람은 학교 근처 나미에 할머니의 집에 계속 다니며 단지 경비원으로서의 일을 자잘하게 이어갔다.

나미에 할머니는 요즘 들어 깜박깜박하는 일이 잦아졌다.

나나 무짱이나 구라하시의 이름을 잊기도 한다. 자는 시간도 길어져서 우리가 있어도 고타쓰에 앉아 꾸벅꾸벅 조는 일이 잦았다. 그래도 우리는 나미에 할머니의 집에 계속 다녔다. 어느 날, 고타쓰에서 자다 깬 나미에 할머니가 갑자기 이런 이야기를 한 적이 있다.

"이 세상 어딘가에는 영혼이 물처럼 듬뿍 담긴 항아리 같은 게 있단다. 그 물이 줄어들면 하늘에 계신 신이 커다란 국자로 영혼을 더 부어 넣어. 새로운 영혼이지. 죽은 사람의 영혼은 그 항아리에서 증발해 하늘로 간단다. 나도 이제 곧 증발할 거야……."

어떤 표정으로 들으면 좋을지 알 수 없는 이야기였다. 전에 구라하시가 했던 말과 비슷한 것 같아서 나는 무심코 구라하시의 얼굴을 본 다음에 말했다.

"나미에 할머니, 괜찮아요."

나미에 할머니는 한동안 나를 바라본 다음에 말했다. 웃지는 않았다.

"…… 그래. 미카게가 괜찮다고 하니까 괜찮지."

그로부터 얼마 지나지 않아 나미에 할머니는 혼자, 연립 주택의 부엌에서 떠났다. 나미에 할머니가 바닥에 쓰러질 때 난 큰 소리를 이웃집 사람이 듣고 경찰에 연락해줘서 우리가 방문할 때까지 나미에 할머니의 죽은 몸이 부엌 바닥에 방치된 채로 있는 일은 생기지 않았다. 나미에 할머니의 유서 같은 노트에 우리가 장례식을 치러주면 좋겠다는 말이 있어서, 우리 세 사람은 나미에 할머니가 남긴 돈으로 그렇게 했다. 나미에 할머니의 장례식은 젠지로 할아버지와 달리 셀 수 있을 정도로만 사람이 모였다. 젠지로 할아버지의 장례식이 예행연습이나 마찬가지였다. 그래서 우리는 헤매지 않았다. 우리는 관 속에 누운 자그마한 나미에 할머니를 보며 엉엉 울고, 나미에 할머니의 뼈를 주우며 또 울었다. 단지 경비원으로서의 일이 전부 끝났다.

그 후로 나는 야간 학교에 다니고 빵 공장에서 계속 일했다.

어느 날, 무짱이 어디서 그런 소리를 들었는지

학교 옥상에서 단지를 철거하는 모습을 볼 수 있다고 했다. 그러고는 낮에 몰래 학교에 들어가자고 제안했다. 망설였지만 보고 싶었다. 단지 옆까지 가도 높은 벽에 막혀서 안의 모습을 볼 수 없으니까. 우리는 오후 1시에 교문 앞에서 만나 교무실에서 제일 먼 입구로 낮의 학교에 침입해 발소리를 죽이고 옥상으로 가는 계단을 올라갔다. 낮의 학교와 밤의 학교는 분위기가 전혀 달랐다. 학생이 잔뜩 있을 텐데, 교실도 복도도 쥐 죽은 듯이 고요하고 선생님 목소리만 잘 들렸다.

조용히 옥상 문을 열고 우리는 옥상으로 나갔다. 이렇게 가까웠나 싶은 거리에 도청이 보였고, 그 앞의 숲처럼 보이는 곳에 단지 비슷한 것이 보였다. 단지(였던 건물)는 포크로 억지로 두 동강을 낸 케이크처럼, 단면을 태양 빛에 드러냈다. 황록색 기중기가 커다란 콘크리트 덩어리를 파괴하고, 먼지를 가라앉히기 위해서인지 물을 대량으로 뿌려서 그 옆에 작은 무지개가 생겼다.

우리는 셋이 나란히 서서 바보처럼 입을 벌리

고 그 풍경을 바라보았다. 저 단지에서 있었던 일, 저 단지에서 살았던 일, 젠지로 할아버지와 만난 일, 단지 경비원이 된 일, 방문했던 작고 낡은 집들, 만났던 할아버지와 할머니. 전부 아득하게 먼 옛날 일만 같았다.

무짱이 내 손을 잡았다. 나도 무짱의 손을 잡았다. 나는 마찬가지로 구라하시의 손도 잡았다. 구라하시의 손은 땀으로 촉촉했다. 그래도 구라하시는 내 손을 꽉 맞잡았다. 괜찮아. 나는 생각했다. 이 세상은 상상 못 할 만큼 넓다. 그래도 무짱과 구라하시가 있으면 무섭지 않다. 나는 눈을 감았다. 눈꺼풀에 태양의 열기가 느껴졌다. 어디선가 들리는 거리의 소음, 사람의 기척. 수많은 사람이 고동을 멈추지 않고, 아직 증발하지 않고 살아 있다는 증거. 젠지로 할아버지처럼 의사가 사망 시각을 선고할 때까지는, 아직 시간이 남아 있을 것 같았다. 그때까지 무엇을 하면서 살아갈까. 단지 경비원 같은 일이라면 우리라도 할 수 있을지도 모른다. 누군가의 집을 찾아가 말 상대가 된다. 그렇게 생각하자 조금 가슴이 두근거렸다. 장래를 생각하고 기대를 품는 것은 태어나서 처음이었다.

나는 주머니에 여전히 넣어둔 단지 경비원의 노란색 별 모양 배지를 가슴에 달았다. 젠지로 할아버지의 서툰 글씨로 '미카게'라고 적힌 배지다. 그날, 그때, 나는 아마도 다시 태어났을 것이다. 젠지로 할아버지에게서 한 번 더 이름을 받았다. 무짱이 다운재킷을 살짝 들추자 맨투맨 티셔츠 가슴에 노란 배지가 있었다. 구라하시가 몸을 돌려 메고 있던 가방을 보여주었다. 가방에도 노란 배지가 달려 있었다.

우리는 웃었다. 건조한 목소리로 웃었다. 갓 태어난 아기와도 다르고, 어른의 것도 아이의 것도 아닌 웃음소리였다.

옮긴이의 말

물질적으로 풍요로워진 세상에도 하루하루 힘들게 살아가는 사람이 있고 아무도 모르게 죽어가는 사람이 있다. 자기 내면에 틀어박혀 세상을 거부하는 사람도 있다. 스스로 선택한 삶일 수도 있으나, 원하고 말고 여지도 없이 그런 삶에 쫓겨 들어가는 사람도 있을 것이다.

이 작품의 주인공 미카게가 그렇다. 미카게는 빵 공장에서 아르바이트하면서 야간 학교에 다니는 고등학생이다. 아빠는 일찍 세상을 떠나서 기억이 거의 없고, 엄마는 남자와 살려고 집을 나갔다. 엄마가 떠났을 당시, 언니 나나미는 중학생이었고 미카게는 겨우 초등학생이었다. 양육자의 보호가 필요한 나이에 자매는 단둘이 버려진다. 나나미와 미카게 자매는 오래된 단지에서 산다. 주민들은 큰 지진이 오면 십중팔구 무너질 거라고 걱정하지만, 가난해서 어디로도 이사할 수 없는 사람이 대부분이다. 단지는 투신자살 명소로 유명하다. 단지에 사는 사람도 뛰어내리고 외부에서 온 사람도 뛰어내린다. 변태도 종종 출몰하고, 정신적으로 문제가 있는 사람도 많다.

어린이 둘이 살아가기에는 열악한 주거 환경이다. 자매는 이런 삶을 선택한 것이 아니라 그렇게 될 수밖에 없었다. 언니는 고등학교 진학도 포기하고 성매매라는 괴로운 일을 하면서 동생을 부양한다. 언젠가 단지를 떠나겠다는 꿈을 품은 채로. 그것은 단순히 거처를 바꾸는 것이 아니라 지긋지긋한 가난과 비참한 현실을 벗어나겠다는 강한 의지다. 한편 동생 미카게는 희망도 없고 꿈도 없다. 시대의 뒤안길 같은 단지 이외의 세상을 모르고 하루하루 사는 것만으로도 벅차다. 미카게는 시체를 보고 싶다는 갈망을 품는다. 어떻게 보면 오싹한 욕망인데, 활기나 열정보다 죽음이 가까운 환경에서 사는 미카게에게는 당연한 일일지도 모른다. 이 작품은 그런 미카게가 단지 경비원을 자처하는 젠지로 할아버지를 만나면서 삶을 바라보는 시선이 바뀌는 과정을 이야기한다.

젠지로 할아버지는 자발적으로 단지를 관리하고 혼자 사는 할머니와 할아버지를 돌본다. 미카게는 얼떨결에 단지 경비원으로 일하면서 힘든 사람을 돕고 싶다고 바라게 된다. 본인이 도움을 받아야 할 처지인데도 이타적인 감정을 깨우친다. 젠지로 할아버지가 세상에서 유리된 미카게를 현실로 데려왔다. 미카게는 젠지로 할아버지에게 이름을 불린 이후로 또 한 번의 삶을 받은 셈이다. 단단하게 현실에 발을 디딘 삶이다. 그 삶에 희망만이 가득하진 않을 것이다. 갖은 방법을 써서 노력해도 미카게의 단지가 철거되고 말았듯이 삶이란 바라지 않는 일을 수없이 겪는 것일지도 모른다. 그래도 미카게 옆에는 사람들이 있다. 젠지로 할아버지, 나미에 할머니, 나나미 언니, 무짱과 구라하시. 그들과도 언젠가 작별하는 날이 찾아오겠지만, 함께한 시간과 나눈 마음은 영원히 남아 있다.

작품의 원제는 《타임 오브 데스, 데이트 오브 버

스 TIME OF DEATH, DATE OF BIRTH》로, 사망과 탄생이 한 문장에 담겼다. 생명 있는 것에는 죽음이 찾아오니 탄생과 죽음은 한 쌍이다. 죽음을 피할 수 있는 존재는 없다. 반드시 내려와야 할 산을 억지로 오르는 것처럼 어딘지 허무하기도 하다. 그래도 죽을 때까지의 시간을 어떻게 살 것인지는 선택할 수 있다. 누구와 만나 어떤 영향을 주고받고 무엇을 하면서 살 것인가. 사람마다 환경에 따라 선택의 범위나 크기는 달라지겠지만, 인생은 죽는 그 순간을 향해 수동적으로 흘러가는 것이 아니다.

작가 구보 미스미는 2022년 나오키상 수상작인 《밤하늘에 별을 뿌리다》에서 상실을 겪고도 묵묵히 살아가는 사람들의 모습을 보여주었다. 이번 작품 또한 삶에 대한 희망과 인간과 인간의 다정한 관계에 관한 위로가 담겼다. 힘든 하루를 보내고 몸도 마음도 지쳤을 때, 작가의 따스한 언어가 독자들의 마음에 자그마한 위로의 불빛이 되기를 바란다.

이소담

옮긴이 **이소담**

동국대학교에서 철학 공부를 하다가 일본어에 매력을 느껴 번역을 시작했다. 읽는 사람에게 행복을 주는 책을 우리말로 아름답게 옮기는 것이 꿈이고 목표이다. 지은 책으로 《그깟 '덕질'이 우리를 살게 할 거야》가 있다. 구보 미스미의 《밤하늘에 별을 뿌리다》《시이노키 마음 클리닉》을 비롯하여 《양과 강철의 숲》《하루 100엔 보관가게》《같이 걸어도 나 혼자》《다시 태어나도 엄마 딸》《이사부로 양복점》《쌍둥이》 등을 우리말로 옮겼다.

당신의 시체가 보고 싶은 날에는

초판 1쇄 인쇄일 2025년 3월 20일
초판 1쇄 발행일 2025년 4월 15일

지은이 구보 미스미
옮긴이 이소담

발행인 조윤성

편집 이원석, 박고운 **디자인** 최초아 **마케팅** 최기현
발행처 ㈜SIGONGSA **주소** 서울시 성동구 광나루로 172 린하우스 4층(우편번호 04791)
대표전화 02-3486-6877 **팩스(주문)** 02-598-4245
홈페이지 www.sigongsa.com / www.sigongjunior.com

글 ⓒ 구보 미스미, 2025

이 책의 출판권은 ㈜SIGONGSA에 있습니다. 저작권법에 의해
한국 내에서 보호받는 저작물이므로 무단 전재와 무단 복제를 금합니다.

ISBN 979-11-7125-119-3 03830

*SIGONGSA는 시공간을 넘는 무한한 콘텐츠 세상을 만듭니다.
*SIGONGSA는 더 나은 내일을 함께 만들 여러분의 소중한 의견을 기다립니다.
*잘못 만들어진 책은 구입하신 곳에서 바꾸어드립니다.

WEPUB 원스톱 출판 투고 플랫폼 '위펍' _wepub.kr
위펍은 다양한 콘텐츠 발굴과 확장의 기회를 높여주는
SIGONGSA의 출판IP 투고·매칭 플랫폼입니다.